書下ろし

人間洗浄(上)

D1 警視庁暗殺部

矢月秀作

祥伝社文庫

目次

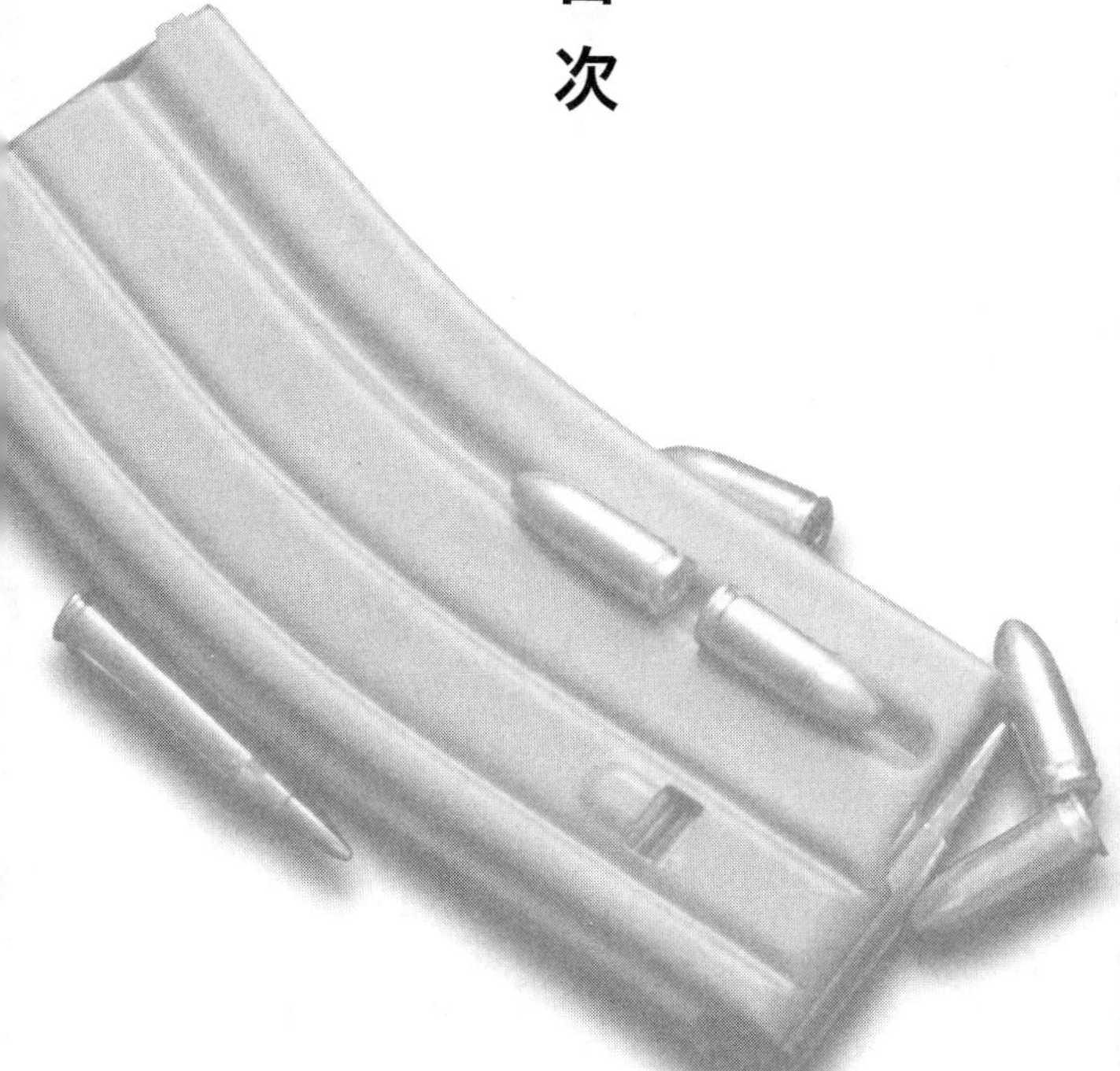

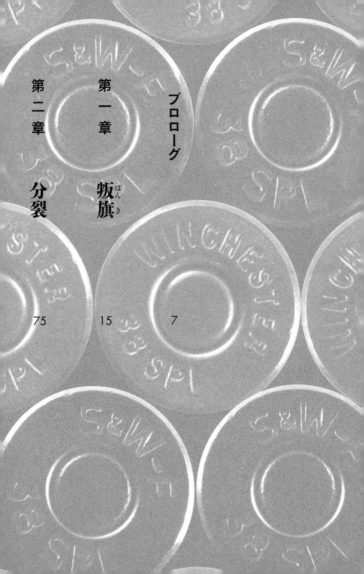

目次デザイン／かとう みつひこ

DELETE-1　D1警視庁暗殺部　主な登場人物

周藤《すどう》一希《かずき》（ファルコン）……処刑執行人兼D1のリーダー。ナイトホークカスタムを愛用する射撃の名手。元警視庁捜査一課強行犯係。

神馬《じんば》悠大《ゆうだい》（サーバル）……処刑執行人。漆一文字黒波《うるしいちもんじくろなみ》という黒刀の仕込み杖《づえ》を操《あやつ》る刃物遣いの天才。元ヤクザの用心棒。

栗島《くりしま》宗平《そうへい》（ポン）……工作班員。武器、火薬、通信機器に加え、インターネットの住人たちについても精通している。元陸上自衛官。

伏木《ふしき》守《まもる》（クラウン）……情報班員。人の印象、記憶力を巧《たく》みに利用した諜報《ちょうほう》活動、潜入捜査を得意とする。元私立探偵。

真中《まなか》凜子《りんこ》（リヴ）……情報班員。世知《せち》に富み人の心理をくすぐる手腕は群を抜いている。元銀座ナンバーワンのホステス。

天羽《あまは》智恵理《ちえり》（チェリー）……連絡班員であり執行の見届け人。普段は優しい笑顔を振りまいているが、元レディースのトップで喧嘩《けんか》の達人。

菊沢《きくざわ》義政《よしまさ》（ツーフェイス）……暗殺部部長で第三会議《だいさんかいぎ》のメンバー。暗殺部の全貌を知る唯一の人物。普段は警視庁総務部の閑職にある。

加地《かじ》荘吉《そうきち》（ベンジャー）……暗殺部処理課〝アント〟の長。平時は警視庁技術職員として窓際の職にいる。

岩瀬川《いわせがわ》亮輔《りょうすけ》（ミスターD）……第三会議の設立者で現議長。通常は大学で防犯のスペシャリストとして教鞭《きょうべん》を執《と》っている。

プロローグ

沖縄《おきなわ》本島の那覇《なは》市にあるブセナテラスの小会議室には、国際総労働者評議会(International Total Worker Council)の主要国メンバーが顔を揃《そろ》えていた。

ロの字型に設《しつら》えられたテーブルにはマイクが設置され、通訳ブースには各国の通訳者が控《ひか》えていた。

参加者はみな、スーツや自国の民族衣装に身を包んでいる。場景だけを見ると、G8サミットか、何かの国際会議のような風情《ふぜい》だ。

しかし、室内の空気はとても穏《おだ》やかとは言えないものだった。空間を挟《はさ》んで右と左のメンバーが互いを睨《にら》みつけている。左右で今にも殴り合いを始めそうな険悪なムードが漂《ただよ》っていた。

七月初旬のブセナビーチが茜色《あかねいろ》に染《そ》まる。しかし、南国情緒溢《あふ》れるサンセットを楽しむ者は誰一人いない。開けた窓から浜風がそっと吹き込み、カーテンを揺らす。だが、ほんのり薫《かお》る潮の匂いも冷厳な気配を払うには至らなかった。

左手の中央にいるのは、日本代表の脇阪東吾《わきさかとうご》だ。五十歳になったばかりの男だが黒々とした髪をオールバックに撫《な》でつけ、恰幅《かっぷく》も良く、そこはかとない貫禄を滲《にじ》ませている。

「暗くなってきたな。明かりを点《つ》けてくれ」

脇阪が言う。

まもなく、部屋を飾るシャンデリアに明かりが灯《とも》った。

脇阪の側には、インド代表や中東、アフリカ諸国の代表が列座している。向かいのテーブルには米中露を中心とした欧米各国の代表が顔を連《つら》ねていた。さながら、国連の常任理事国と非常任理事国が対峙《たいじ》しているような様相だった。

会議の進行を務めているカナダ代表のアーサー・オートンがマイクに顔を近づけた。

「ミスター・脇阪。知材輸出停止の件を我々に説明してほしい」

オートンが英語で語る。各国代表の耳には、イヤホンを通じて母国語に翻訳された言葉が伝わる。

脇阪は右耳のイヤホンを差し直し、差し向かいに居並ぶメンバーを睥睨《へいげい》した。

「何度も説明したはずだ。中国の労材の不当な値の吊《つ》り上げに抗議する」

中国代表の陳永健《ちんえいけん》に目を向ける。

陳は片眉《かたまゆ》を上げ、人差し指で口髭《くちひげ》を撫でた。

「しかし、すでに中国側からの資金は受け取っているはずだ」

オートンが言った。

脇阪はオートンに顔を向けた。

「陳氏が取引成立前に勝手に送金したものだ。そのくらいは利子を付けても返せる」

「ミスター・脇阪」

アメリカ代表のハドソン・ハワードが口を開く。低い声がスピーカーに響く。

「知材も労材も、需要と供給に応じて値が付くものだ。あくまでも自由取引だということを忘れちゃいないか？」

青い目で脇阪を見据える。

脇阪は静かに見返した。

「だったら、君のところへ輸出された中国からの労材と、私のところへ搬入しようとしている労材の仕入れ値が倍も違うことをどう説明する？」

脇阪が訊《き》く。

ハワードは片笑みを浮かべた。

「それは仕方ない。今、日本は圧倒的に単純労働力が不足している。3・11の復興要員しかり、2020年の東京オリンピックに向けた建設労働要員しかり。全世界で最も単純労働力を必要としているのは君のところだ。労材が高くなるのは当然じゃないか？」

「そういうことです、脇阪氏」

陳はハワードと同じように微笑《ほほえ》んだ。

脇阪は陳を睨んだ。陳は涼《すず》しい顔で目線を受け流した。

脇阪は大きく息を吐いた。椅子に深くもたれ、脚を組む。肘掛《ひじか》けに肘を置き、対峙するメンバーを見回す。ロシアやイギリスの代表も脇阪に冷めた視線を送っていた。

「そちらでは、話が付いているということだな？」

陳とハワードを交互に見やる。

ハワードが口を開く。

「邪推《じゃすい》はやめてほしいね、ミスター・脇阪」

「まんざら嘘《うそ》でもなかろう、ハワード」

インド代表のインディラ・マハルが口を入れた。

「労材の値が同じなら、我々が出荷する労材と陳が出荷する労材は同じ値段のはずだ。しかし、陳の方が三割ほど高い。これは説明が付かないだろう？」

「うちもそうだ」

モロッコ代表のアベディ・マキンバも割って入った。

「アメリカからの知材の値が、いつの間にか勝手に吊り上げられていた。一方で我々が出荷する労材は不当に安くされた。中国の労材は値崩れしていないだろう？」

マキンバはハワードを睨んだ。

　ハワードは双肩を挙《あ》げて見せた。

「なあ、ハワード。ここは国連じゃないんだ。君たちの戦勝国気取りに付き合う筋合いはない」

　脇阪もハワードを見据える。

「付き合えないなら、どうする？　我々と手を切るか？」

　ハワードは口角を上げた。

　脇阪たちの向かいにいるメンバーが失笑を漏《も》らす。進行を務めていたオートンも呆《あき》れ顔で顔を横に振っていた。

「おいおい、おまえら」

　脇阪の声色が変わった。

　笑っていた陳やハワードが真顔になる。

「何か忘れちゃいないか？」

　脇阪はハワードに目を据《す》えた。

「ここは日本だ」

　脇阪が右人差し指を上げた。

　瞬間、カーテンが揺れた。

　ハワードが双眸《そうぼう》を見開いた。隣にいた陳の顔に何かがかかった。

た。

陳は手のひらで顔を拭《ぬぐ》った。その手を見る。紅《あか》く染まっている。陳の両眼が引きつった。

ハワードはゆっくりとテーブルに突っ伏した。こめかみから、どくどくと血が溢れ、テーブルに血溜《だ》まりを作る。

脇阪の対面にいたメンバーたちの表情が強《こわ》ばった。

陳が怯《おび》えた目を脇阪に向ける。

「脇阪氏……」

脇阪は片眉を上げ、再び、人差し指を上げた。窓の外から赤く細いレーザー光線が差し込んだ。レーザーの先端が陳の眉間《みけん》に留まる。

瞬刻、カーテンが跳《は》ねた。陳の双眼が開く。眉間を抉《えぐ》った銃弾は陳の後頭部を突き破った。後頭部から脳みそ混じりの生血がしぶき、壁やカーペットを深紅《しんく》に染める。

陳は背もたれに仰《の》け反《ぞ》り、天を仰《あお》いだ。後頭部からはどろどろと血が滴《したた》った。

「ミスター・脇阪……。どういうことだ?」

イギリス代表のグレッグ・モランは蒼白《そうはく》となり、唇を震わせた。

「勝手に談合して、都合のいいように組織を使おうとする輩《やから》を排除しただけですよ。そういう者を放置しておくと、組織は瓦解《がかい》しますからね。違いますか?」

脇阪は三度、人差し指を上げた。

カーテンの向こうから差し込んだレーザーの赤い筋が、モランの眉間に揺れる。

モランの眦《まなじり》が下がった。

「ま……待て！」

モランの白い瞳に涙がにじむ。

脇阪は右手を広げた。赤い筋はすっと消えた。

「議長」

脇阪が進行を務めていたオートンに目を向ける。

「私から一つ提案があるのだが」

「どうぞ」

オートンは声の震えを抑え、笑みを浮かべた。

「こうした問題が起きるのは、本部がアメリカにあるからではないかというのが、私やマキンバ、マハル、シリア代表のジャビールらの見解だ。欧米に本部を置くと、どうしても彼らの経済事由が優先され、欧米優先の勝手なグローバリゼーションで物事を変えられてしまう。違うかな、みなさん？」

対面の席を見渡す。ヨーロッパ勢の代表は渋い表情でうつむいた。

「それでは組織が一部の人間のものとなり、盲動《もうどう》に走る者が出てくる。このまま放置すれば、今後もこうした身勝手な行為に手を染めるメンバーが現われるだろう。そこで公平を期すために、ＩＴＷＣの本部を我が日本に置くことを提議したい」

脇阪が言う。

欧米代表はざわついた。が、脇阪の側にいる者たちは泰然《たいぜん》としている。その様子を目にし、モランたちヨーロッパ代表はみな、押し黙った。

脇阪はほくそ笑んだ。

「議長。決を」

脇阪が言う。

オートンは、不請顔《ふしようがお》で口を開いた。

「ミスター・脇阪の提案に賛成する者は挙手を」

オートンが言う。

脇阪の側にいた代表たちは、すっと右手を挙げた。それを見て、対峙しているヨーロッパ代表の面々も渋々《しぶしぶ》右手を起こした。

「全会一致ということで、本日付を以てＩＴＷＣの本部は日本に置くこととする」

オートンが言う。

「みなさん、ありがとう。我が国が取り仕切る限り、二度とハワードや陳のような談合は許さない。そのつもりで」

脇阪は不敵な笑みを浮かべた。

第一章　叛旗《はんき》

1

　真中凛子《まなかりんこ》は、幡ヶ谷《はたがや》と笹塚《ささづか》の中間あたりにある東台東高寺《とうだいとうこうじ》という寺の本堂にいた。三衣《さんえ》に身を包んで目を伏せ、楚々《そそ》と佇《たたず》んでいる。

　凛子の横には、当寺の住職・蓮水頼光《はすみよりみつ》が立っている。坊主頭のほっそりとした男だが、肌は脂《あぶら》ぎっていて、大きな双眸《そうぼう》は俗世の欲でぎらぎらしている。蓮水は三衣を着た凛子を視線で舐《な》め回していた。

「赤名《あかな》さん。無事に得度《とくど》できてよかったですな」

　対面にいる小柄な男が話しかけてきた。羽野圭造《うのけいぞう》という。

「これも、羽野さんにこちらを紹介していただいたおかげです。ありがとうございました」

凜子は静かに頭を下げた。

三カ月前、凜子は〝赤名しのぶ〟という名前で、羽野が経営する人材派遣会社〈ミナクル〉を通じ、東台東高寺へ潜入した。

ミナクルと東台東高寺が結託して行なっているとみられていた〝身分洗浄〟の実態を調べるためだ。

近年、仏教界は、得度を受けて法名《ほうみょう》を得るという伝統行為の悪用に頭を痛めている。

一般人が修行の末に得度を受けて法名を獲得すると、家庭裁判所の承認を受けた後、その法名を本名とすることができる。

つまり、合法的に改名できるということだ。

そこに目を付けた詐欺《さぎ》グループが、多重債務者や元犯罪者をかき集め、寺に送り込んで改名させ、元の借金をチャラにして新たな借金をさせたり、詐欺に使う銀行口座の開設や携帯電話の購入をさせたりし始めた。

銀行口座の開設や携帯電話の購入には身分証がいる。しかし、それが新たな身分証であることを確かめるには戸籍謄本《こせきとうほん》を見るしかない。個人情報保護が強化されている現在において、戸籍謄本まで確認するということは事実上不可能だ。

犯罪者グループは、そうした盲点《もうてん》を突《つ》いて、訳ありの者たちの身分を作り替え、利用していた。

仏教界からの要請を受けた警視庁は組織犯罪対策部に捜査させた。

多くの出家詐欺グループは、組対部の尽力もあり摘発されたが、東台東高寺とミナクルの立件には苦慮していた。

ミナクルが東台東高寺に出家したい者を紹介すること自体は法に触れない。東台東高寺の住職蓮水が出家希望者に修行の末、得度を与えるという行為も、通常の寺院の仕事だった。

法名を得て改名した者の中に詐欺を働いていた者はいるが、ミナクルや東台東高寺との関係性は立証できず、得度した後、東台東高寺に残った者は真面目《まじめ》に修行を続けている。

ミナクルからの斡旋《あっせん》が増えた直後から、東台東高寺の収益は増えているが、それも寄付という扱いで正規に処理されていて、違法性を問うのは難しい。

さらに、信教の自由という宗教法人ならではの特殊な事情が捜査を阻《はば》む。

通常捜査では立件が難しいと判断した第三会議調査部の調査員は、ミナクルと東台東高寺の捜査を打ち切らせ、暗殺部扱い事案として、第三会議に上げた。

要請を受けた〝ミスターD〟こと、岩瀬川《いわせがわ》亮輔《りょうすけ》第三会議議長は、審議会を招集。検討の結果、このまま野放しにしておくことはできないと判断され、警視庁暗殺部部長、菊沢《きくざわ》義政《よしまさ》に調査命令を下した。

菊沢は、周藤一希《すどうかずき》が率《ひき》いる暗殺部一課に再調査を依頼。周藤は、一課情報班〝リヴ〟こと真中凜子を東台東高寺へ、〝クラウン〟こと伏木守《ふしきまもる》をミナクルへ潜入させ、内偵を行なっていた。

伏木は羽野の仕事を手伝いつつ、情報を入手。凜子は、多重債務者を装《よそお》い、出家希望者としてミナクルから東台東高寺へ入り、身分洗浄の実態を体感しつつ情報を収集した。

蓮水と羽野は、他の出家詐欺グループとは違い、実に巧《たく》みに当局の目から逃《のが》れる算段を取っていた。

まず、東台東高寺へ送り込まれた者は、三カ月近くの修行をさせられた。本来は一年ほど修行するのだが、他の出家詐欺グループが数日から一週間の修行まがいのことをさせるだけなのに対し、蓮水は三カ月の修行を強《し》いていることから、捜査当局が必ずしも詐欺とは断定できないというグレーゾーンを創り出していた。

出家させた者を犯罪組織へ送り込む役目は羽野が請《う》け負《お》っていたが、それもミナクルを通じて通常の商取引を装っているため、立件を難しくしていた。

表向きにはミナクルと東台東高寺の関係しかないように装い、裏で、商取引と寄付を駆《く》使《し》し、両者ともに私腹を肥《こ》やしていた。

最終調査結果を受けた第三会議は、執行命令を下した。

「赤名さん。法名は何と？」

羽野が訊《き》く。

「住職から寂庵《じゃくあん》と付けていただきました」

「赤名寂庵ですか。それはいい」

羽野はセリフの棒読みのような事務所の方へ来ていただいて――」

「では、一両日中には私の事務所の方へ来ていただいて――」

羽野が話していると、蓮水が口を挟《はさ》んだ。

「寂庵には、うちで修行を続けてもらおうかと思ってます」

「どういうことかな？」

羽野が下から睨《ね》め上げる。

「言葉通りです」

蓮水は凜子に目を向けた。

凜子ははにかんで顔を伏せた。羽野が目を細める。

「赤名さん。ちょっと住職と話があるので、席を外してもらえますか？」

羽野が言う。

「はい。では」

凜子は頭を下げ、本堂を出た。

本堂の扉を閉めるとすぐ、懐中からライター大の送信機を出した。イヤホンを右耳に差し込みながら、境内《けいだい》へ向かう。

「こちら、リヴ」

──チェリーです。

即《そく》、返事が返ってきた。

「これから、正門右の勝手口の鍵《かぎ》を開けるわ。ターゲット二名は本堂にいる。私は鍵を開けた後、離れと本堂を繋《つな》ぐ廊下で待機して誰も来ないよう見張っておくから」

──わかりました。そのまま、通信を維持してください。

チェリーが指示をする。

凜子は送信機を握ったまま、境内を小走りで横切った。勝手口に駆け寄り、閂《かんぬき》を外す。木戸を少し開け、踵《きびす》を返し、寺へ戻る。途中、連絡が入った。

──こちら、チェリー。ファルコンからの伝言です。執行時間は今から五分。〝アント〟の処理が三分。執行終了次第、勝手口より退却せよとのこと。

「了解」

凜子は歯切れ良く返事をし、建物内へ駆け戻った。

2

「話というのは何かな？」

　蓮水が羽野を見下ろす。

「赤名しのぶは、改名後、うちの事務所で人材集めの仕事をする予定だと伝えておいたはずですが」

「それは他の人でもできるだろう」

「愛人にするつもりか？」

　羽野は睨《にら》んだ。

　蓮水は答えず、目を逸《そ》らす。

「おい、蓮水。ちょっと図に乗ってやしねえか？」

　羽野が急に声を低くし、乱暴な口調になった。くまをまとった双眸が鈍色《にびいろ》に澱《よど》む。

「瀕死《ひんし》の寺を再興させてやったのは、誰だと思ってんだ？」

「それはお互い様でしょうが」

　蓮水が片笑みを滲《にじ》ませる。

「君は得度を得るために私を必要とした。私は寺を再建させるために君の話に乗った。持ちつ持たれつ。君に恩を売られる覚えはないよ」

「なんだと……？」

羽野が気色《けしき》ばむ。

「仏の前で銃でも撃ちますか？」

蓮水は阿弥陀如来《あみだにょらい》を見上げた。

七メートルはある大きな仏像だ。隅々《すみずみ》まで金箔《きんぱく》を貼《は》られた仏像は、蠟燭《ろうそく》の灯りだけで目映《まばゆ》いほどの金色《こんじき》の光を放っている。

「この阿弥陀如来を真っ赤に染《そ》めることぐらい、造作《ぞうさ》ねえぞ」

羽野が懐《ふところ》に手を忍《しの》ばせた。

「まあまあ、そうカリカリしなさんな。私と君は一蓮托生《いちれんたくしょう》。たかが女一人で、我々にもたらされる幸福を無に還《かえ》す必要はない。そうじゃないか？」

蓮水は足下を見て言い切った。

羽野は奥歯をぎりりと嚙《か》んだ。懐の中で手を動かす。が、まもなく、懐から右手を出した。

「……今回は大目に見てやる。しかし、二度と契約は曲げさせねえぞ」

「その時は相談するよ」

蓮水がほくそ笑んだ。

その時、本堂の大扉が、ぎしっ……と音を立てた。蠟燭の灯りが本堂を囲う廊下《ろうか》に漏《も》れる。一陣の風が本堂に吹き込んだ。蠟燭の灯りがふっと揺れる。

「誰だ？」

羽野が大扉の方を見た。

二つの人影があった。一人は若い男で、手に黒い杖《つえ》を持っている。もう一人は背の高い涼《すず》しげな目をした青年。警視庁暗殺部一課執行人の〝サーバル〟こと神馬悠大《じんばゆうだい》と〝ファルコン〟こと周藤一希だった。二人とも黒い上下に身を包んでいた。

「何のご用でしょうか？」

蓮水は二人に顔を向け、笑みを作った。

周藤と神馬は、ゆっくりと蓮水と羽野に歩み寄った。二メートルほど手前で立ち止まる。

羽野が懐に右手を入れた。

「東台東高寺住職蓮水頼光と人材派遣会社ミナクル代表の羽野圭造に間違いないな？」

周藤が二人を見据《みす》えた。

「そうだが……。お会いしたことがあったかな？」

蓮水が怪訝《けげん》そうに眉《まゆ》を寄せる。

羽野の目が据わる。

「蓮水頼光、羽野圭造。両名は得度の制度を悪用し、訳ありの者を改名させて新しい身分証を作り、別人に変えてはさらなる犯罪に手を染めさせた。組織的に法の手から逃れるよう画策し、行為を普遍化させ、私腹を肥やそうとする両名の悪行《あくぎょう》は看過《かんか》できない域に達した」

「何をおっしゃっているのか、わかりませんな……」

蓮水がそらとぼける。

「そうだ。誰か知らんが、言いがかりはやめてもらいたい」

羽野が続ける。

「言いがかりはないでしょう、社長」

もう一人の男が入ってきた。チリチリの天然パーマでひょろりとした背の高い男。伏木だった。

「おまえ、江川《えがわ》か！」

羽野が睨みつける。

伏木はミナクルに〝江川知男《ともお》〟という名で潜入していた。大扉に寄りかかり、羽野を見返す。

「社長。僕にミナクルの内情を隅から隅まで教えてくれたのは、社長じゃないですか。今さら、知らないはないですよね」

そう言い、笑みを向けた。

羽野が歯ぎしりをする。余裕を見せていた蓮水の顔からも笑みが消えた。

「よって――」

周藤はジャケットの内ポケットから名刺大の黒い手帳のようなものを出した。

「両名を桜の名の下、極刑に処す」

周藤が右腕を突き出した。

蓮水と羽野は、周藤の手元を見た。紅《あか》い旭日章《きょくじつしょう》の背後に髑髏《どくろ》が描かれている。暗殺部のみに与えられた死刑執行の免罪符であり令符だった。

羽野は、それを目にした途端《とたん》、色を失った。

「暗殺部……」

「へえ。やっぱ、悪人には知られてんなあ、おれたちの紋章は」

神馬はにやりとし、右手を柄《つか》に被《かぶ》せた。鯉口《こいぐち》に親指を掛ける。

「執行！」

周藤の声が本堂に轟《とどろ》く。

羽野が懐から銃を抜いた。右腕を伸ばす。銃口が神馬に向く。

神馬は黒刀・漆一文字黒波《うるしいちもんじくろなみ》を引き抜くと同時に、下から上に切り上げた。羽野の右前腕が銃を握ったまま宙に舞った。切り口から鮮血が噴《ふ》き出す。

羽野は鋭い悲鳴を放ち、右腕を押さえた。よろめいて後退し、尻餅《しりもち》をつく。

神馬は柄を両手で握った。刃《やいば》を振り上げ、飛び上がる。着地すると同時に、刀を振り下ろす。

羽野はとっさに左腕を立てた。

漆一文字黒波は、羽野の左前腕をぶった斬り、首筋に食い込んだ。神馬が刃を引く。頸《けい》動脈《どうみゃく》を切り裂いた。血がシャワーのように噴き上がった。飛散した血が蠟燭の炎を消す。

羽野は双眸を見開いた。そのままゆっくりと横に倒れ、床に横たわる。蓮水の足下に血溜《だ》まりが広がる。

神馬は刀を鞘《さや》に収め、蓮水を見据えた。

「き……君。仏の前だぞ!」

声が上擦《うわず》る。

「何が仏だ。生臭坊主《なまぐさぼうず》が」

蓮水に蔑《さげす》みの眼を向けた。

周藤は懐からサプレッサーのついた銃を取り出した。周藤の暗殺器、ナイトホークカスタムファルコンコマンダー周藤専用特注モデルだ。銃把《じゅうは》には髑髏を背負った紅い旭日章が刻印されていた。

銃口をゆっくりと蓮水に向ける。

「ま、待て……待ってくれ」

蓮水は両手のひらを上げて、後退した。仏具を薙《な》ぎ倒《たお》す。周藤はじっくりと蓮水を追う。

「もう、出家はさせない。私と羽野がやっていたことも洗いざらい話す。だから、命だけは……。仏のご慈悲を。ご慈悲を！」

背が阿弥陀如来像の足下にぶつかった。蓮水の足が止まる。

瞬間、周藤は引き金を引いた。銃口から硝煙が立った。

蓮水が両眼を剝《む》いた。銃弾が後頭部を突き破る。仏像の下半身が真っ赤に染まった。

絶命した蓮水がずるずると崩れ落ちる。蓮水は、両脚をだらりと投げ出して双肩《そうけん》を垂《た》らし、動かなくなった。

阿弥陀如来の切れ長な瞳《ひとみ》が、地獄へ沈む蓮水を冷ややかに見つめる。

紺《こん》のスカートスーツを着たショートボブの愛らしい女の子が入ってきた。一課のオペレーター、〝チェリー〟こと天羽智恵理《あまはちえり》だ。ダークピンクのオーバル眼鏡《めがね》をかけている。

智恵理は蓮水と羽野の遺体に近づき、死亡を確認した。

「うん、今回も完璧！」

遺体を見つめてにっこりと微笑《ほほえ》み、スマートフォンを取り出した。

「もしもし、デリート1のチェリーです。執行完了しました。処理をお願いします」

用件のみを伝え、電話を切る。

一分もしないうちに、黒いスーツや作業着を着たアントの課員が入ってきた。入れ替わりに一課のメンバーが本堂を出る。

見張りに立っていた凜子が、アントの課員と見張りを交代し、周藤たちの下へ駆け寄ってきた。

「おー、リヴ！　尼僧《にそう》姿もまた魅力的だねえ」

伏木が軽口を叩《たた》く。

凜子は冷たい目で一瞥《いちべつ》した。伏木が肩を上げ、おどける。

勝手口を出ると、コードネーム〝ポン〟こと栗島宗平《くりしまそうへい》が、黒いワゴンを横付けしていた。伏木が助手席に、周藤と神馬は後ろのシートに、凜子と智恵理は真ん中の席に乗り込んだ。

「早かったですね」

栗島がバックミラーを覗《のぞ》き、声を掛ける。

「へたれなおっさん二人だからな。たいしたことなかったよ。羽野の手下がいるかと思ったんだけどな……」

神馬は不満げに頬《ほお》を膨《ふく》らませた。

「速《すみ》やかな執行が俺たちの基本だ。忘れるな」

周藤が諭《さと》す。

「はいはい」

神馬はため息を吐《つ》き、車窓の外に目を向けた。

「やっと、終わったわね」

凜子が帽子を外し、頭を振って栗色の長い髪を指で梳《す》いた。

「あー、もったいない。似合ってたのに」

伏木が言う。

凜子は再び、伏木に冷たい視線を送った。

「どうでした、お寺の生活は？」

智恵理が訊く。

「退屈だったけど、悪くはなかったわよ。規則正しい早起き生活だし、食べる物も粗食だから、ダイエットにもなったし」

「それ、いいなあ」

「おまえも出家したらどうだ？」

後ろの席から、神馬が茶化す。

「あんたに言われる筋合いはない！」

智恵理は神馬を睨んだ。

神馬は双眉《そうび》を上げて、また車の外に目を向けた。神馬と智恵理の様子を見て、凜子が微笑む。

「ねえ、ファルコン。次の仕事、入ってる？」

凜子は肩越しに視線を投げ、周藤に訊いた。

「いや、またしばらく休みになりそうだ」

周藤が答える。

「そっか。ねえ、チェリー。ちょっと温泉にでも行かない？　お寺でのデトックスはよかったけど、息も詰まったから、おいしいものを食べてリラックスしたくて」

「あー、行きたいなあ。でも、今回は無理です。祖父の法要があって、実家に顔を出さなきゃいけなくなって……」

「あら、そうなの？　残念」

「すみません」

智恵理が頭を下げる。

「いいわ。また、時間のある時に行きましょう」

凜子は微笑んだ。

「では、私がお供しましょう」

伏木が後ろを振り返り、凜子を見つめる。

「ねえ、チェリー。クラウンを殴ってもいいかしら？」

「どうぞ」

智恵理が言う。

凜子は拳《こぶし》を握り、伏木の額《ひたい》を殴った。ゴッ……と骨を打つ音が車内に響く。

「ちょっと待って！　ほんとに殴ることないだろう！」

伏木は目尻を下げて、額をさすった。

「リヴ、いいパンチ持ってんな」

神馬が笑う。

「私も一課のメンバーですから」

凜子が前髪を梳き上げた。

「いつか殺されますよ、クラウン」

栗島が苦笑する。

「たとえ、この命が尽きても愛に生きるのだよ、ポン君」

「一生やってろ」

神馬が鼻で笑う。

智恵理は車内のやりとりを見聞きし、瞳を細めた。

3

菊沢義政は警視庁本庁舎三階の総務部にある自分のデスクで、椅子《いす》の背にもたれうとうとしていた。整《ととの》えていた前髪はだらしなく垂れて眉にかかり、開きっぱなしの口辺《こうへん》には涎《よだれ》が滲んでいる。上体が揺らぐたびに、椅子がぎしぎしと音を立てていた。

そこへ総務部長の山田《やまだ》がそろりそろりと近づく。

周りの職員は、山田にまったく気づかない菊沢を見て、くすくすと笑っている。

菊沢の脇で立ち止まった山田は、すうっと息を吸い込んだ。そして、菊沢を睨む。

「菊沢さん！」

大声で名を浴びせかけた。

「はいっ！」

菊沢の身体が椅子の上で跳《は》ねた。バランスを失い、身体が傾く。菊沢は椅子の背を抱え、そのまま横倒しとなった。

「あいたたた……」

菊沢は顔をしかめ、腰をさすった。椅子のキャスターが所在なげに回っている。

周りの職員は堪《こら》えきれず、笑い声を上げた。

が、山田は一人だけ笑っていなかった。

「仕事中です！」

一喝《いっかつ》する。

職員たちはあわてて笑みを引っ込めた。

「菊沢さん！　仕事中に居眠りとは言語道断です！」

山田は足下に転《ころ》がっている菊沢を睨みつけた。

「すみませんです……」

菊沢は愛想笑いを浮かべ、椅子を起こした。浅く座り、背を丸めて、頭をぽりぽりと掻《か》く。

「菊沢さん。二日前にお願いした、駐車場のLED照明交換の見積もりはどうなっているんですか？」

「今、やっているところです」

「照明の見積もりになぜ二日もかかるんですか！　私の倍近く生きていて、あなたは何をしてきたんですか！」

「いやあ、それなりに人生は踏んでいるつもりですが……」

「あなたの人生がそれなりかどうかは知りませんが、仕事はそれなりの適当で済ませないでください！」

山田が怒鳴《どな》る。

あまりの屁理屈《へりくつ》に、周りは失笑をこぼす。

山田は職員を睥睨《へいげい》した。口をへの字に曲げ、鼻を鳴らす。

「今日中に見積もりを済ませておいてください！」

「わかりま――」

返事をしようとした時、デスクの電話が鳴った。

菊沢は受話器を取った。

「もしもし、総務部庶務課の菊沢です。あ、どうもどうも。はい……あ、それはいけませんね。すぐ、伺《うかが》います」

ハキハキと話し、受話器を置く。

「部長！」

菊沢は席を立った。

いきなり立ち上がられ、山田がおののいて仰《の》け反《ぞ》った。

「技術部の加地《かじ》さんから電話で――」

「またか……」

山田は腕を組んで、右指で眉間《みけん》を揉《も》み、首を横に振った。

「屋内のＬＥＤ照明の件で、相談したいことがあると」

「はいはい。行ってきていいですよ」

「しかし、見積《まか》もりが……」

「他の人に任《まか》せますから、早く行きなさい」

「ありがとうございます！　菊沢、行ってまいります！」

「どうぞどうぞ」

山田は手の甲を振った。

菊沢は深々と腰を折り、総務部のオフィスを出た。

山田の腰巾着《こしぎんちゃく》のような若い職員が、山田に近づいてきた。

「部長。そろそろ上に言った方がいいんじゃないですか？　菊沢さんの無能ぶりは目に余ります」

耳元で言う。

「それがだな。副総監にそれとなく打診してみたんだが、菊沢さんは功労者だから定年までいてくれて問題ないと言うんだよ……」

山田は深くため息をついた。

「功労者といっても、過去の話でしょう？　それでは、若手職員のモチベーションが下がります」

若い職員が憤懣《ふんまん》を口にする。

「まあ、また頃合いを見て進言するよ。我々は菊沢さんを反面教師として、日々頑張《がんば》ればいい。さあ、仕事に戻ろう」

山田は若い職員の肩を叩き、自席に戻った。


地下二階の空調管理室に顔を出すと、加地荘吉《そうきち》が席を立ち、頭を下げた。今日も、加地の部下にあたる若手技術職員二名はいない。

「若いのは？」

菊沢が訊く。

「例のごとく、菊沢さんが来ると知って、仕事に出ました」

「私も嫌われたものだな」

菊沢は苦笑した。

「私も同様です」

加地も苦笑いを覗かせる。

加地荘吉も菊沢と同じく閑職《かんしょく》を気取っているが、その実は、処刑が実行された後の事後処理を一手に引き受ける暗殺部処理課、通称〝アント〟の長だった。

「どうぞ」

加地は菊沢を空調室の最奥へ促した。菊沢が続く。

加地がディンプルキーを出し、壁の左隅にある鍵穴に差し込んだ。キーを取っ手に壁をスライドさせる。壁の奥に十畳ほどの部屋があった。中央にはマイクが設置され、パソコン端末が置かれたデスクがある。そのデスクを囲むように、壁には五台のモニターが下げられていた。

「いつも通り、二、三十分で終わる予定だ」

「承知しました」

加地は菊沢が部屋へ入ると、壁を閉めた。

室内に自動的に明かりが灯《とも》る。端末を起動させると、五台のモニターにも一斉《いっせい》にスイッチが入った。

中央のモニターには鷲鼻《わしばな》と太い眉と口髭《くちひげ》が猛々《たけだけ》しい、第三会議の議長、岩瀬川亮輔が映っている。

第三会議は、警視庁暗殺部を統括する国家公安委員会の内部組織だ。岩瀬川亮輔、通称〝ミスターD〟を中心とした警察トップが集う諮問《しもん》機関で、クロ、シロ、グレーの判定はすべて第三会議で決定される。

モニターに映っているのは、第三会議に属する人々だった。

向かって右には井岡《いおか》貢《みつぐ》警視総監が、その右手のモニターには瀬田《せた》登志男《としお》副総監の顔がある。

岩瀬川の左手には見知らぬ顔がある。白髪で鼻梁《びりょう》が高く、彫りの深い顔立ちだ。両眼もブラウンで日本人とは思えない容貌《ようぼう》をしていた。その左には内閣官房長官・菅沢秀生《すがさわひでお》の顔があった。

いつも顔を出す国家公安委員や第三会議専任調査官の顔はない。

普段とは少々違う顔ぶれに、菊沢の顔が引き締まった。手櫛《てぐし》で髪の毛を整え、ネクタイを締め直す。

「遅くなりました」

──いや、かまわんよ。いつもご苦労。

岩瀬川が言う。

──菊沢君。先日、山田君が君への不満を私に言いに来たよ。

瀬田が笑顔を見せた。

「山田部長には睨まれていますもので」

苦笑する。

──こちらで言い含めておいたので、今まで通り、昼行灯《ひるあんどん》でいてもらいたい。

「ご面倒をおかけします」

菊沢は瀬田に軽く頭を下げた。

顔を上げ、岩瀬川の左隣のモニターに目を向ける。

「こちらは？」

菊沢が訊いた。

――ＩＣＰＯ（国際刑事警察機構）のヘンリー・中路《なかみち》氏だ。

――ヘンリー・中路です。よろしく。

中路は流暢《りゅうちょう》な日本語で言い、目礼をした。

「菊沢義政です」

互いに名乗り頭を下げた。顔を上げ、岩瀬川のモニターに目を向ける。

「議長。ＩＣＰＯの方が来ているということは、国際事案ですか？」

――今回は、処刑の依頼ではない。詳しくは、中路君から。

岩瀬川が促す。

中路は頷《うなず》き、口を開いた。

――ファイルナンバー２０２１６を開いていただけますか。

中路が言う。

菊沢はマウスを操作し、デスクトップにある２０２１６のＰＤＦファイルを開いた。表題には《国際的ヒューマン・ロンダリング組織の実態と組織解明について》と記されている。

――近年、各国捜査機関から大量の行方《ゆくえ》不明者が出たといった事案が相次いで報告されています。そこでそれらの詳しい情報を仕入れて精査していたところ、先日ニュースにもなった、インド洋沖でのコンテナ船の沈没事案がありました。そのコンテナの一つから、三十名を超える遺体が発見されました。

――それは、密航者ではないのか？

井岡が訊く。

――我々もそう思っていたのですが、コンテナにあった私物の中から、妙なパスポートが発見されたのです。ファイルの三ページをご覧下さい。

中路は続ける。

菊沢はスクロールし、当該ページを見た。

口髭を湛《たた》えたインド人の顔がある。その横にパスポートを並べているが、国籍は英国となっていた。名前もギルバート・シーズというインド人らしからぬ名だ。

――これは偽造ですか？

瀬田が質問した。

――偽造なら問題なかったのですが、正規のものです。さらに、ＳＯＣＡを通じてパスポートの住所を調べたところ、ギルバート・シーズというイギリス国籍の者がウェールズのニューポートに実在していました。

中路が資料に沿って説明をする。

ＳＯＣＡというのは、イギリスの重大組織犯罪局（Serious Organised Crime Agency）の略称で、不法移民や麻薬の密輸、マネー・ロンダリングといった組織犯罪を取り締まる機関だ。各警察の区分に囚《とら》われず、イギリス全体で捜査する権限を有する。

――ＳＯＣＡの聴取では、ギルバート・シーズは半年前、パスポートを紛失したと言っています。しかし、そのほぼ同時期に無職であったギルバート・シーズの口座に一万ポンド、日本円にして百七十万円ほどが振り込まれていたことから、現在、どのような経緯で誰がギルバート・シーズのパスポートを取得したのかを調べているところです。

「他に、そうしたパスポートや正規の入国書類等が見つかったのですか？」

菊沢は中路を見た。

――沈没船の件で見つかったのは、ギルバート・シーズのパスポートのみでした。しかし、アメリカやロシアでも同様の例が発覚しています。明らかに中国人であろう者がロシア名を名乗っていたり、同住所で同姓同名のパスポートが複数存在していたり。ギルバート・シーズのように、自分で売り渡したのではないかと疑われる者もいれば、盗難に遭《あ》った者もいますが、問題はそうした覚えが一切《いっさい》ない人物の身分証明も利用されているということです。

――それは、行政機関に身分偽造に関わっている者がいるということかな？

井岡も疑問を口にした。

――その可能性も視野に入れています。

中路は否定しなかった。

――各国の捜査機関に要請し、さらに調べを進めていたところ、一週間ほど前、太平洋の公海上でアメリカ人のハドソン・ハワードの遺体が発見されました。ハドソン・ハワードについては、五ページ目に履歴を記しています。

中路が説明する。

菊沢は五ページ目を表示し、目を通した。

ハドソン・ハワードはアメリカ移民局の元職員で、五年前に辞職した後、AFL‐CIO（アメリカ労働総同盟・産業別組合会議）の職員として働いていた。AFL‐CIOはアメリカ最大の労働組合である。

ハドソン・ハワードはそこで三年間働いた後、表立った企業や組織には属さず、株式を中心とした個人トレードで生計を立てていたようだ。

しかし、FBIの調べでは、ハドソン・ハワードの口座には、個人トレードだけでは説明の付かない資金が振り込まれていたという。

移民局時代の同僚やAFL‐CIO当時の顔見知りの職員から聴取した中で、ハドソン・ハワードが個人トレード以外で、人材派遣を行なっていたとの証言が得られたと記《しる》している。

――このハドソン・ハワードについては、移民局時代のノウハウを利用して、中南米からの密入国者に不当にグリーンカードを発行させていた疑念も持たれていて、国土安全保障省からマークされていた人物です。

井岡が眉根を寄せる。

――ところが、インド洋で見つかったインド人のギルバート・シーズが渡航しようとしていた先がアメリカで、彼の親族から入手した米国からの通知に記された住所がフィラデルフィアのハワード宅でした。

「つまり、ハワードが彼らに新しいパスポートを用意し、アメリカに密入国させようとしていた。そのパスポートが正規のものだった、というわけですね？」

菊沢が確認した。

――そういうことです。

中路が頷き、話を続ける。

――ハドソン・ハワードは、ギルバート・シーズだけでなく、他のインド人も同様の手口で密入国させようとしていたと、各捜査機関はみています。しかし、これはどの規模の密入国の手配を彼一人でできたとは思えません。そこで、ＡＦＬ－ＣＩＯを辞めた後の動向を細かく調べてみたところ、彼がＩＴＷＣという組織に属していたことがわかりました。

――ＩＴＷＣとは？

瀬田が訊く。

――国際総労働者評議会。二〇〇〇年に設立された新しい組織です。本部は現在、ニューヨークにあります。

「何をしている組織ですか？」

――世界各地の労働問題を話し合うシンクタンクです。規模は小さいですが、各国の著名な大学教授や財界人、元政治家なども参加しているようです。ただ、活動実態や収益については実情がつかめていません。

――ＩＣＰＯは、このＩＴＷＣとハドソン・ハワードの密入国手引きに相関性があるとみているわけですね？

井岡の言葉に、中路が首肯《しゅこう》した。

――このＩＴＷＣだが、近日中に本部を日本に移すという情報が入った。

岩瀬川が口を開いた。

――そこで、ＩＴＷＣの内偵を暗殺部に頼みたい。

岩瀬川は菊沢を見据えた。

「ちょっと待ってください。それは公安や外事《がいじ》の範疇《はんちゅう》で、我々暗殺部が……いや、第三会議が扱う事案ではないと思いますが」

菊沢が即座に反論する。

――事情はあるのだよ。

岩瀬川が低く吐《は》いた。中路が続けた。

――インドの諜報《ちょうほう》機関がＩＴＷＣの内偵を行なっていましたが、捜査をしていた捜査員が数名、行方知れずとなっています。また、同じくＩＴＷＣの内偵を行なっていたイギリス情報局のＭＩ５の捜査員、ロシアの対外情報庁ＳＶＲの捜査員も連絡が取れなくなりました。

――ＩＴＷＣの中に、諜報機関に通じている者もいるということか？

井岡が訝《いぶか》しげに口にした。

――その可能性が高いとみています。

中路は眉根を寄せた。

岩瀬川が話を続けた。

――そこでＩＣＰＯを通じて、各国の捜査機関と検討した結果、通常の捜査機関、諜報機関とは切り離した、ＩＴＷＣ専門の捜査機関を作り、各国で実態を捜査しようということになった。暗殺部は完全秘密裏の機関だ。また、彼らは潜入捜査手法に長《た》けている。日本に本部が移されるという情報が入った今、本丸を捜査するにはうってつけの人材と判断した。

——承服できませんな。

井岡が口を開いた。

——承服できないとは？

岩瀬川の野太い声が響く。

——菊沢君が言ったように、話を聞く限り、これは公安や外事が担当する事案です。つまり、そういう事案の捜査をさせるということは、暗殺部を表舞台に引っ張り出しかねない危険性を伴うということです。暗殺部の存在は、決して表に出してはいけない。それは議長も重々承知のはずですが。

——今回は特別だ。彼らも自身の立場はわかっている。

——官房長官。政府としての見解はどうなんですか？　万が一、暗殺部の存在が表に出れば、政権はひっくり返りますよ。

井岡は菅沢に話を向けた。

——総理、関係閣僚とは相談した。その結果、今回はやむを得ないと判断した。

菅沢は当然のごとく応える。

——やむを得ないで見切り発車するのは危険です。中路さん、申し訳ないが、現時点では。

井岡は言い、手元のスイッチを押した。

井岡のモニターに〝審議〟という文字が浮かび上がる。

暗殺部が動くには、会議に参加した者の全会一致の賛成が必要だ。一人でも異議を唱えたら、暗殺部は動けない。その異議を表明するのが〝審議〟のスイッチだった。

――私も総監と同意見です。

瀬田が同じく、審議のスイッチを押す。

「私も、総監、副総監と同じです。現時点の情報だけでは、わざわざ暗殺部が出張《でば》ることはないと考えます」

菊沢も審議のスイッチを押した。

岩瀬川や菅沢が渋い表情を覗かせる。

――審議判定、承知した。一週間後、再び会議を招集する。以上。

岩瀬川がモニターを切った。菅沢もモニターを落とす。中路は軽く頭を下げ、モニターを消した。

――菊沢君。そういうことだ。岩瀬川議長から直接連絡があっても、個別の話には応じないように。

井岡が言う。

――承知しました。

――お疲れさん。仕事が終わった暗殺部の諸君は休ませてあげてくれ。

瀬田が言う。

――ありがとうございます。そうします。

菊沢が答えると、井岡と瀬田のモニターも消えた。

菊沢はパソコンをシャットダウンし、椅子にもたれた。

「官房長官が出てきている以上、このままでは終わらないだろうな……」

独りごち、天を仰いで息をついた。

4

智恵理は日暮里《にっぽり》からJR常磐線《じょうばんせん》に乗り換え、一時間ほどかけて茨城《いばらき》県の土浦《つちうら》駅に降り立った。

土浦市は霞《かすみ》ケ浦《うら》の北西端にある人口十四万人の中堅都市だ。西側はつくば市と隣接している。湖畔には自然公園も多く、旧制土浦中学校本館は国の重要指定文化財に指定されていて、春には満開のしだれ桜を讃《たた》え、明治・大正ロマンを感じさせる。

良質のレンコンやワカサギが獲《と》れることでも有名で、うなぎを食べさせる店も市内の繁華街のあちこちに点在する。土浦港周辺や北西から流れ込む桜《さくら》川は、陸《おか》っぱりからバスフィッシングができる場所としても知られている。

実家は、駅から北西に二十分程歩いた桜川沿いの街にある。

智恵理は、葉の落ちた桜の樹木を眺《なが》めつつ、地元の空気を味わいながら、ゆっくりと実家に向け歩いていた。

帰省したのは、七年ぶりだった。駅前や繁華街の風景は開発され、すっかり様変わりしていたが、少し歩くと懐かしいどこか牧歌的な情景が広がる。

ただ、智恵理には朴訥《ぼくとつ》とした静かな想い出よりは、夜な夜な地元の友人たちと遊びと喧《けん》嘩《か》に明け暮れた想い出の方が強い。

智恵理の父は酒癖の悪い男だった。幼い頃から、酒に酔うと母親に暴力を振るい、止めに入った智恵理にも拳《こぶし》を上げることがあった。

智恵理は母親を守るために父と対峙《たいじ》し、そうした生活を繰り返しているうちに心はささくれていった。

中学二年の頃、父親はホステスと駆け落ちし、行方不明となった。

智恵理にしてみれば、これで平和な生活が訪れると願ったり叶《かな》ったりだったが、今度は母親がドランカーとなった。父に去られたことがショックだったようだ。

智恵理には、母親の気持ちがまったくわからなかった。

来る日も来る日も暴力を受け、身を粉にして働いた金は酒代に化け、挙句《あげく》の果てに女を作って姿をくらますような男に何の未練があるのだろうかと。

その目に、智恵理のことが映っていない現実も哀《かな》しかった。

近隣の住民の通報で、児童相談所の職員は智恵理を保護し、土浦にある母方の実家へ預けることにした。智恵理も父親のように酒浸《さけびた》りの日々を続ける母に未練《みれん》はなかった。

母方の祖父母は、智恵理に優しくしてくれた。しかし、智恵理はやり場のない憤りを抑《おさ》えきれなかった。

転校先では男女も先輩後輩も関係なく、ムカつく者に牙《きば》を剝いた。返り討ちに遭《あ》うことも多かったが、退《ひ》かなかった。一年も経《た》たないうちに智恵理の悪評は土浦市内に轟いた。

智恵理は喧嘩の腕と根性を買われ、地元のレディースへ誘われた。

暴走族に興味はなかった。まして、窃盗や破壊行為は忌《い》み嫌った。ただ、暴れたいだけだった。特攻隊長を引き受け、対立する者は次々と潰《つぶ》していった。

三代目を継いだ智恵理は、暴走行為以外の盗みや破壊を禁じた。相手は敵対する暴走族のみ。先鋭化された暴走集団は、さらに反目するグループを潰していき、気がつけば、誰もが一目を置く一大勢力となっていた。そしてある抗争の際、仲間を半殺しにした相手グループに単身で乗り込み、ほぼ全員を叩きのめして、二年間、女子刑務所に服役した。

転機が訪れたのは、収監中のことだった。父親が、母が一人で暮らしていた旧自宅に戻ってきた。泥酔していた母親は父親と口論となったあげく、父を刺し殺した。母親は逮捕され、刑務所へ収監された。

智恵理は、この一件をとても後悔した。

自分が暴走にうつつを抜かさず、両親と暮らした家にいれば、母親に罪を犯させることはなかった。父親に関しては、どうのたれ死のうが気にはしなかったが、母を犯罪者にしてしまったことは悔やんでも悔やみきれなかった。

その母親も、長年の多量の飲酒で臓器を壊し、一年後、刑務所内で死亡した。

出所後、母の遺骨を引き取った智恵理は、レディースの頭を後進に譲り、祖父母の家に引きこもった。毎日、母の遺影に向かい、コンビニで働きながらぼんやりとして過ごした。

春先、桜川は満開の桜に彩られる。智恵理は、母の遺影を持って、桜を愛《め》でながら河川《かせん》敷《しき》を歩いた。

智恵理は心の奥で、母親を守ってあげられなかったことを詫《わ》びていた。そして、これからどう生きればいいのか、何年も思案した。

答えが見つからず、惑《まど》いが続くまま二十歳を迎えた時、突然、周藤が祖父母宅を訪ねてきた。

『暗殺部に参加してほしい』

面と向かって言われた時は、冗談だと思った。

まして、警察の人間。何かの意図を持って、自分を貶《おとし》めようとしていると感じ、初めのうちは取り合わなかった。

しかし、周藤は二度、三度と足を運んだ。智恵理が返事も返さない状況でありながら、周藤は自分の過去を包み隠さず話した。

次第に、智恵理は周藤の話に耳を傾けるようになっていた。

何より、周藤には、父親や周りの男たちとは違うニオイを感じた。物腰はクールで、智恵理の奥深くに立ち入ろうとはしない。程よい距離感を保ち、智恵理と接する。だが、接するほどに、そのクールな佇《たたず》まいからは想像できないほどの熱い本物の怒りが言葉の端々《はしばし》や雰囲気から伝わってくる。

智恵理は、周藤と会うにつれ、自分の中途半端さを思い知らされた。

父親に理不尽な暴力を受けてきた。母親の気持ちがわからず、憤った。そして、自ら荒れた。

暴走行為に身を投じていた頃、一度も満たされたことはなかった。相手をねじ伏せる度《たび》に爽快感《そうかいかん》より空《むな》しさを感じていた。

自分でも気づいていた。

何をしているのだろうかと……。

その答えを見つけられないまま、感情に任せて刹那《せつな》的に生きている間に、父も母も死んでしまった。

もっと自分がきちんと父や母、家族の問題と向き合っていれば、両親を死なせることはなかったのかもしれない。もっと自分の人生と向き合っていれば、母まで酒に溺《おぼ》れることはなかったのかもしれない。

自分の運命と正面から対峙し、すべてを受け入れてなおも前に進む周藤の姿は、智恵理が探していた生き方の指針のような気がした。

智恵理は周藤の申し出を受け、暗殺部へ入ることを決め、土浦を離れた。

「ここは変わらないな」

葉の落ちた桜の樹を見上げた。ちょっと寒いが、川のせせらぎが耳に心地《ここち》好《よ》い。顔を上げて陽光を浴びると、思わず笑みがこぼれる。

前を見ずに、桜並木だけを見て歩いていた。

前方から誰かが歩いてくる。智恵理はすれ違い様、気配だけを感じ、左脇に少し避《よ》けた。充分、避けられるはずだった。

が、右にいた者がふらっとよろめき、智恵理の肩にぶつかった。

「あ、ごめんなさい」

智恵理は人影の方へ笑みを向けた。

ジャージやスエットを着た女子の三人組だった。三人とも、髪を金色に染めている。ぶつかった女の子は、智恵理を睨みつけた。

「なんだべ、てめえ！」

ショッキングピンクのジャージを着た大柄の女の子が、片眉を上げて眉間に皺《しわ》を寄せ、智恵理に迫ってくる。

「ごめんなさいね」

智恵理は首を傾け、軽く頭を下げた。ショートボブの髪の端が揺れる。

「なんだ？　そのシャラッとした態度は！」

黒いスエットを着た女の子が怒鳴った。

赤いジャージを着た女の子も含め、三人がにじり寄ってくる。

智恵理は、心の中で懐かしさを感じつつ、笑顔を向けた。

「本当にごめんなさい。謝ったから、もういいよね？」

そう言い、立ち去ろうとする。

「待てよ、てめえ！」

ピンクのジャージの女の子が立ちふさがった。智恵理の胸ぐらをつかみ、ねじ上げる。

ジャケットが歪《ゆが》み、智恵理の踵《かかと》が浮き上がる。

「どういうことかなあ、これ？」

智恵理は胸元の手に目を向けた。

「どうもこうもねえべ！　あたしにぶつかっといて、頭下げただけで済むと思うのか！」

耳元でがなり立てる。が、智恵理は涼しい顔で受け流した。

「どうしたら許してくれるの？」

「そりゃ、おまえ。誠意だべ」

黒スエットの女が言う。赤いジャージの女は、黒スエットの女の後ろで、ニヤニヤしていた。

三人の立ち位置を確認する。黒スエットの女が少し前に出て、その後ろに控えるような赤いジャージの女がいる。胸ぐらをつかんでいるのは、ピンクのジャージの女。

なるほど。一番強いのは、黒スエットか。

「わかったから、ちょっと離してくれる？」

ピンクジャージの女に言う。

女は後ろを見た。黒スエットの女が頷く。ピンクジャージの女が胸ぐらから手を離した。

智恵理は乱れた襟元《えりもと》を整え、ジャケットを伸ばした。肩に掛けたトートバッグを足下に置く。やおら、黒スエットの女に目を向けた。

「さて。誠意を見せてあげようかな」

左足を引いて、半身になる。そして、黒スエットの女を見据えた。

優しげな双眸が一瞬にして据わる。三人の女の子は怯《ひる》んだ。

「そこの黒いの。誠意をあげるから、来な」

「なんだと……」

黒スエットの女が気色ばむ。他の二人からも殺気が沸き上がる。

ぴりぴりとした空気が智恵理を包む。智恵理の口辺には無意識に笑みが滲んでいた。

「ほら。どうした？　ビビったか？」

「ふざけんじゃねえべ！」

黒スエットが身構えた。ボクサースタイルだ。

すすっと寄ってきた黒スエットは、右脚を振り上げた。ハイキックが智恵理の首筋に飛ぶ。肉を打つ音がした。

後ろにいたジャージの二人は、にやりとした。智恵理がキックをまともに受けたもの……と思っていた。

が、脇から覗いた二人の女は顔を強《こわ》ばらせた。

智恵理は左腕一本で、黒スエットの蹴《け》りを受け止めていた。

「この程度かよ、近頃の土浦は」

智恵理は腰をひねった。至近距離から、右アッパーを突き上げる。

速かった。黒スエットが仰け反り、かわそうとする。が、間に合わない。

智恵理の拳が顎《あご》を真下から捉《とら》えた。金髪の顔が縮んだ。足を伸ばし、思いっきり突き上げる。

黒い塊《かたまり》が浮き上がった。口から紅《あか》い血をまき散らし、宙を舞う。女は背中から地面に叩きつけられた。衝撃で息を詰める。智恵理はすかさずにじり寄り、鳩尾《みぞおち》にパンプスの踵を叩き込んだ。

「ぐえっ！」

黒スエットの女は目を剝いて呻《うめ》きを漏らし、まもなく気を失った。

「てめえ……ふざけんな！」

ピンクジャージが太い腕を振り上げた。

「脇もガードもがら空き」

智恵理はピンクジャージの懐に飛び込んだ。同時に、右フックを振る。拳が女の顎先を弾《はじ》いた。首が九十度に曲がる。次の瞬間、動きが止まった。

「おい、どうした？」

赤ジャージの女が声を掛ける。

ピンクジャージの女は両膝から崩れ落ち、その場に沈んだ。

大柄の身体に隠されていた智恵理の姿が現われる。

「これじゃあ、誠意の伝えようもないな」

智恵理は赤ジャージの女を見据えた。両眼はさらに鋭くなっていた。

「おまえはどうするんだ?」

赤ジャージの女の眦《まなじり》が震えた。

「……ちくしょう!」

ポケットに右手を入れた。折りたたみナイフをつかみ出す。ストッパーを外し、刃を振り出し、身構えた。

「おまえ、刃物を出したからには、どうなるかわかってんだろうな」

智恵理の目尻が吊り上がった。

赤ジャージの眉尻が引きつる。ナイフの柄を何度も何度も握り返す。緊張のあまり、こめかみから脂汗が噴き出し、止まらない。手もべっとりと汗ばんでいた。

「来いよ、こら!」

智恵理が怒鳴った。

小柄で愛らしい容姿からは想像できないほど、腹に響くどすの利《き》いた声だった。

赤ジャージは身を竦《すく》ませ、全身を硬くした。

と、ねずみ色の作業着を着た長身の男が近づいてきた。

「おい、おまえら。何やってんだ?」

「あ、翔太《しょうた》先輩!」

赤ジャージの女の目に安堵《あんど》の笑みが浮かぶ。

黒スエットとピンクジャージの女も意識を取り戻し、立ち上がって、ふらふらと男の方に駆け寄った。

「翔太さん。あの女、やっちゃってくださいよ」

黒スエットが男の後ろに隠れ、智恵理を指差す。

男が智恵理を見つめる。智恵理も男を見返した。その目元がふっと弛《ゆる》む。

「ひょっとして、布川《ふかわ》翔太？」

「おまえ、智恵理か？」

互いの顔をじろじろと見合う。まもなく、二人して満面の笑みを浮かべた。

そして、男は大声で笑った。

「おまえら、誰に喧嘩売ってんだよ」

「誰にって……翔太さんの知り合いですか？」

ピンクジャージが訊く。

「知り合いも何も、このへんでワルしてるなら、名前ぐらいは聞いたことがあるだろう。天羽智恵理。ブラッド・フェアリーの三代目だよ」

「えっ！　鬼神《おにがみ》チェリーと言われたあの三代目ですか！」

女の子たちが目を丸くする。

「鬼神は余計だよ」

智恵理は苦笑した。

「おまえらが束《たば》になってもかなわねえよ。まったく……強いヤツの気配くらいわからないのか、おまえらは」

「でも、あれ……いや、あの人はどう見ても強そうに見えないですよ」

黒スエットが言う。

智恵理はジャケットやスカートの埃《ほこり》を払い、トートバッグを肩に掛ける。

「まあ、確かに昔の面影はないがな」

布川は目を細めた。

「おまえら、チェリーに粗相《そそう》をしたんだ。謝っとけ」

布川が言う。

三人はおずおずと智恵理に近づいた。黒スエットが口を開く。

「あの……天羽さんとは知らず、すみませんでした！」

黒スエットが深々と頭を下げた。他の二人も九十度以上に腰を折る。

「気にしてないよ。私も久しぶりにいい運動になった。ただ――」

語気を強め、三人を見据える。

「普通に生きてる素人《しろうと》に手を出すんじゃない。それと、赤いの。今度、素人相手に刃物出したら、殺すよ？」

「すみませんでした！」

女の子たちは膝に額が付くほど頭を下げた。身体は小さく震えていた。

「おいおい、あまり脅してやるな。俺からも説教しとくから。おまえら、行っていいぞ」

「失礼します！」

女の子たちは智恵理と布川に頭を下げ、そそくさと走り去った。

智恵理は女の子たちの背を見つめ、目元を綻《ほころ》ばせた。

「まだ、あんなのがいるんだね」

「田舎《いなか》だからな。しかし、一瞬誰かと思ったよ。すっかり東京のＯＬだな」

「翔太は変わらないね」

智恵理は当時を思い出していた。

布川翔太は中学の同級生だった。

布川は地元では名の知れた猛者《もさ》だった。一匹狼で群れることはないが、いざ喧嘩の場面になると、誰よりも強かった。

当時、誰彼かまわず喧嘩を売っていた智恵理は、たいがいの者を殴り倒したが、布川には一度も勝ったことはない。だが、布川は何度もかかってくる智恵理から逃げることはなく、いつもまっすぐ智恵理とぶつかってくれた。

ささくれていた智恵理が唯一《ゆいいつ》、心を許した男だった。

「六、七年ぶりか。どうしたんだ？」

「じいちゃんの三回忌の法要に来たんだ。葬式にも四十九日にも顔を出せなかったから、今回はと思って」

「忙しいんだな。何をしているんだ、今？」

「ＩＴ関連企業で働いてる」

「ふうん、ＩＴ関連ねえ。それにしては——」

布川が智恵理を見下ろす。

「さっきの殺気はハンパなかったぞ。現役の頃より、磨きがかかった気がした」

布川は真顔で見つめた。

「まともな会社なんだろうな？」

「当たり前じゃない。ヤクザにでもなったと思った？」

「いや、そういうすれたニオイじゃなくて、もっと何というか……研《と》ぎ澄《す》まされたニオイというのかな」

「もう、私を何者にしたいのよ！」

智恵理は内心冷や汗を掻《か》きつつ、笑ってごまかした。

「あんたこそ、何やってんの？」

話題を変える。

「俺は、環境省の外郭団体で湖沼の水質浄化技術の研究をしている」

「あんたが研究者！　嘘《うそ》みたい」

「嘘はねえだろ」

　布川が苦笑いをする。

「俺はずっと、霞ヶ浦を見て生きてきたからな。この湖がいつまでもきれいでいてほしくてさ。地元では多少暴れて、迷惑も掛けてきたから、霞ヶ浦を護《まも》ることで少しは恩返しできるかもしれないと思って」

「へえ。でも、なんだか、翔太らしいな」

「らしいか？」

「うん、らしいよ」

　智恵理が満面の笑みを浮かべる。

「いつまで、こっちにいるんだ？」

「一週間はいる予定。ばあちゃんとも会ってなかったから、この機会にちょっとゆっくりしようと思って」

「そうか。なら、みんな集めて、宴会やるか。他の連中も、すっかり様変わりしたぞ。中にはあまり変わらないのもいるけどな」

「いいね。日にち決まったら、声かけて」

「わかった。スマホの番号は?」

「赤外線ある?」

「ああ」

布川がスマートフォンを出す。

智恵理はプライベート専用のスマホを出し、赤外線通信で番号とアドレスを交換した。

「じゃあ、俺は仕事があるんで。またな」

右手を挙げる。

「うん、また」

智恵理は微笑みを返し、実家へ足を向けた。

5

東海道新幹線新富士《しんふじ》駅から二キロほど南下した場所に、硝子《ガラス》張りの瀟洒《しょうしゃ》な七階建てビルが出現した。ビルを囲むように緑地が広がる。広大な敷地は、高さ五メートルほどのブロック塀《べい》に囲まれている。

一見、郊外の大学キャンパスのような佇まいだが、辺りが暗くなるとブロック塀が近づく者に威圧感を与え、要塞のような雰囲気を醸《かも》し出《だ》す。

十二月初旬の午後、ビル七階の大フロアでレセプションが行なわれていた。スーツやドレスを着た男女が五十名ほど集まっている。テーブルには簡単なオードブルが置かれ、トレーを持ったウエイターやウエイトレスが歩き回っていた。

一枚硝子の窓の向こうに駿河《するが》湾を望む。ビルの北東には富士山がそびえている。様々な国から来た来賓《らいひん》は、風光明媚《ふうこうめいび》な日本の風景を堪能し、酒と料理を口にしながらくつろいでいた。

ステージの背後には看板が掛けられていた。《ＩＴＷＣ本部移転記念レセプション》と記されている。

レセプションが始まって十分ほど経った頃、脇阪東吾がステージに上がった。シャンパングラスを手にし、スタンドマイクの前に立つ。

「みなさん。今日はお忙しい中、ＩＴＷＣ本部移転を祝うレセプションにご参加いただき、ありがとうございます」

脇阪が語る。英語の同時通訳が会場に流れる。拍手が沸き起こった。

脇阪は拍手が鳴り止むのを待ち、再び、マイクに顔を近づけた。

「日本は明治以来、西洋文化と東洋文化の架《か》け橋《はし》となってまいりました。市場経済がグローバル化を加速させる中、労働市場も国の垣根《かきね》を超える動きを余儀なくされています。しかし、一部経済論理が先に立ち、公平公正な労働者の移動がなされていませんでした。そこで本部を日本へ移しました。日本はみなさんもご存じの通り、どの国に対しても公平に接します。人種、宗教、文化、様々なものをありのまま受け入れることのできる寛容を持った国です。経済論理に振り回されすぎず、世界の労働市場を取り仕切るのにこれほど適した場所はありません」

弁舌をふるう。

来賓客の中には、自画自賛に渋い表情を覗かせる者もいる。が、脇阪は気にすることなく話を続けた。

「この日本にＩＴＷＣ本部を移そうと提案してくれた我が評議会議長、アーサー・オートン氏、並びに、その提案に賛同してくださったＩＴＷＣ各国代表メンバーに心より感謝し、私も日本代表として、みなさまの期待に全力で応えていく所存です。富士の裾野《すその》に構えたこの場所が全世界の労働者の聖地とならんことを願います。ありがとうございました」

会場に拍手が沸き立つ。七月の沖縄ブセナの会議にいたメンバーも渋々、笑顔を見せ、拍手をしていた。

ステージを降りると、細身の男が近づいてきた。髪の量が多く、前髪が目に被《かぶ》さっている。ＩＴＷＣ日本支部の事務局長を務めている狐塚弘信《こづかひろのぶ》だった。

狐塚は脇に立ち、顔を寄せた。

「ちょっとよろしいですか？」

「どうした？」

横目で狐塚を見やる。

「ネズミを一匹、発見しました」

「どこの人間だ？」

「どうやら、イギリス人のようですね」

「グレッグのところか……。どこにいる？」

「地下二階の部屋に監禁しています」

「わかった。グレッグを連れて、すぐに行く」

脇阪は小声で答えると、狐塚から離れた。狐塚がレセプション会場を出て行く。

脇阪は、来賓に笑顔で挨拶をしながら、英国代表のグレッグ・モランに近づいた。モランは、ヨーロッパ諸国の代表と談笑していた。

「みなさん、今日はありがとうございます」

笑顔でシャンパングラスを掲げる。欧州各国の代表メンバーたちは一瞬、不快な表情を覗かせたが、すぐに笑顔を作ってグラスを上げた。

脇阪はモランの脇に立ち、顔を寄せた。

「ちょっと一緒に来てもらいたい」

英語で話す。

「何だ？」

モランは眉尻だけを動かした。

「ネズミが見つかった。どうやら、おまえの国の人間らしい」

脇阪が言う。モランの眦が強ばる。

「少々失礼」

モランは挨拶をし、脇阪と共に会場を出た。


地下二階は駐車場になっている。が、車は一台もない。広大なコンクリートのフロアの右隅に、ブロックで囲まれた物置のような部屋がある。扉は鉄製で分厚い。

鉄製の扉が少し開き、明かりが漏れている。その隙間から、呻き声も漏れ出ていた。

脇阪はモランを連れ、物置のような部屋へ近づいた。脇阪がドアを開いた。

室内は裸電球で照らされていた。

狐塚が立っている。他に三名、青いつなぎを着た男が立っていた。四人が囲う中央には、両手足を縛られた白人男性が転がされている。白い肌は血に染まり、瞼《まぶた》や唇は腫《は》れ上がっていた。

男が顔を上げた。モランの姿が映る。

「ヘルプ……ヘルプ、ミー！」

男は叫んだ。

「うるせえ」

狐塚は男の顔を蹴り上げた。顎が跳ね上がり、鼻孔《びこう》から血がしぶく。白人男はぐったりとして天井を仰いだ。

「ローランド！」

モランが声を上げる。

狐塚を突き飛ばし、白人男性に駆け寄った。膝を突き、男性を抱え上げる。

「脇阪！　どういうことだ！」

モランは脇阪を睨み上げた。

「どうもこうもない。こいつがネズミだという疑いがあるという話だ」

「ふざけるな！　ローランドは私の甥《おい》だ。ＩＴＷＣの仕事は二人三脚でこなしてきた。いずれ、英国の代表権はローランドに譲るつもりだ！」

「それは結構。ただ、そうであれば、疑念は払拭《ふっしょく》してもらわなければ」

脇阪がローランドの脇に立った。

「狐塚。なぜ、こいつを疑った？」

「これです」

眼鏡を差し出した。黒い厚縁の眼鏡だ。

狐塚は右のつるを折った。すると、中にレンズと細い配線が覗いた。左のつるを折る。そちらにはマイクのようなものが入っていた。

「こいつは建物を徘徊《はいかい》し、これで各所を撮影していました」

「ほう、これはこれは……」

脇阪はつるを受け取り、しゃがんだ。ローランドの顔の前でつるを振る。

「こいつは確か、MI5がよく使う、眼鏡型の盗聴盗撮機だな」

つるの端で、ローランドの頰を叩く。つるをモランの顔の前に差し出した。

「モラン。これをどう説明する？」

モランを見据える。

「……これは、私がローランドに命じてやらせたものだ」

モランが言った。

「どういう意味だ？」

「君を信じていないわけではなかった。しかし、あのようなやり方で本部移転を勝ち取った君の手法には、我々欧米のメンバーは危惧《きぐ》を抱いている。その不安を少しでも払拭するために、この新本部の内情を熟知していたかっただけだ」

「それなら、私に言えばいいだけの話だ。なぜ、こんな姑息《こそく》な真似をする？」

「君は言っても、応じてくれないだろう」

モランが睨み上げる。

脇阪も睨み返した。が、ふっと頬を弛めた。

「モラン。茶番はやめよう」

双肩を上げ、人差し指を立てて振る。

「とっさに思いついた言い訳としては上出来だ。だが、本当は知らなかっただろう。甥がこんな真似をしているとは」

つるをローランドの胸元に投げて、立ち上がる。

「本当だ！　私がさせたことだ！」

モランは言い張った。

「わかった。彼に訊いてみよう。狐塚。ローランドを立たせろ」

脇阪が命ずる。

狐塚は手下を見て、顎を振った。手下二人がローランドの両脇に腕を通し、モランから引き剝がし、立たせた。壁に押しつける。

脇阪はゆっくりとローランドに近づいた。

「ローランド。正直に答えてくれ。君はＭＩ５の人間か？」

「……違う」

ローランドは声を絞《しぼ》り出した。口端から血が垂れ落ちる。

「なあ、ローランド。正直に答えてくれなければ、私も困るんだ。君がＭＩ５の犬であれば、君を処分するだけで済む。しかし、君がどうしても違うと言い張れば、私はモランも、君とモランの家族まで処分しなければならなくなる。できれば、流れる血は最小限が望ましい」

うっすらと笑みを浮かべる。

ローランドの目尻が引きつった。

「もう一度訊く。君はＭＩ５の者か？」

脇阪は静かな口調で問いかけた。

ローランドは口を噤《つぐ》んだ。

脇阪はふっと笑みを浮かべ、ローランドから離れた。狐塚を見て、右の人差し指を立てる。

狐塚が銃を抜き出した。銃口をローランドに向ける。

「ノー！」

モランが叫んだ。叫声《きょうせい》が反響する。同時に銃声が轟いた。

ローランドの青い双眸が見開いた。胸元を撃ち抜かれる。開いた口から喀血《かっけつ》した。手下が手を離す。ローランドは壁に背を擦りつけ、ずるずると崩れ落ちた。壁には血の筋が伸びた。

モランは立ち上がった。脇阪の胸ぐらをつかむ。

「脇阪！　なぜ、殺した！」

「なぜ？　ネズミはたとえ身内であろうと処分するのが当然のこと。むしろ、身内の審査を甘くして、ＭＩ５のネズミをここにまで潜入させた君の罪は重い」

脇阪はモランの手首を握り、絞り上げた。モランの指が開く。

モランを壁際に突き飛ばした。よろけたモランが壁に背を打ちつけ、息を詰める。

脇阪は狐塚の手から銃を奪った。やおら振り向き、モランに銃口を向ける。

「グッバイ、モラン」

脇阪は躊躇《ちゅうちょ》なく、引き金を引いた。

モランが両眼を開いた。

銃弾が眉間を撃ち抜いた。頭骨を砕いた弾丸は後頭部を吹き飛ばした。脳みそと血糊《ちのり》が壁に四散する。モランの両膝が頽《くずお》れ、前のめりに突っ伏した。モランの頭部に血の海が広がる。

「狐塚。トップ10を五階の会議室へ集めろ。至急だ」

「はい」

狐塚がブロック部屋を駆け出る。

「脇阪さん。こいつら、どうしますか？」

作業着を着た男が、ローランドとモランの屍《しかばね》に目を向けた。

「まだ置いておけ。トップ10にも見せておく必要がある。私に逆らうとこうなるとな」

脇阪は冷酷な視線で二人の白人の遺体に笑みを投げた。

第二章　分裂

1

午後一時過ぎ、菊沢は井岡に呼ばれ、警視総監室へ出向いた。ドアをノックする。

「入れ」

井岡の声が聞こえる。

菊沢はドアを開け、一礼して中へ入った。

執務机前のソファーには、井岡の他に瀬田副総監の顔もある。菊沢は応接セットへ歩み寄り、目礼をして、差し向かいに座った。

前回、第三会議が開かれて一週間が経《た》っている。菊沢は、ＩＣＰＯからの要請の件だと察した。

「総監。先日の件ですね？」

自分から訊《たず》ねる。

井岡は頷《うなず》いた。

「今朝、二回目の第三会議が開かれた」

「私抜きでですか？」

菊沢が井岡と瀬田を交互に見た。

「すまない。総理直々《じきじき》の招集だったものでね」

瀬田が答える。

「総理直々ですか……。ということは、ＩＣＰＯの要請を引き受けるという決定ですね」

菊沢が言う。

井岡は渋い表情で目を伏せた。

「総監は、最後まで公安か外事にと進言したんだがね。それ以前に政府間レベルで合意がなされたらしい」

瀬田も眉根《まゆね》を寄せる。

「今回の件は、それほどの規模の案件ということですか？」

「話を聞く限り、各国政府はそう危惧《きぐ》しているようだね」

瀬田が言う。

「ＩＴＷＣが行なっていることは、表向き、グローバル化する労働市場に適切な労働者を割り振り、派遣し、労働者の権利を守るという体《てい》だが、実態は人身売買と変わりない。また、イギリスのSOCAからの報告だが、英国支部に潜入させていたMI5の捜査官の行方がわからなくなっている」

　井岡が話す。

「ITWC側に知れ、不測の状況が起きたということですか？」

「イギリス当局はそうみている。アメリカ支部を仕切っていたとみられるハドソン・ハワードの件もあるからな」

「ITWCの本部が日本に移転されると言っていましたね」

「すでに移転された。富士《ふじ》市の川成島《かわなりじま》に居を構えた」

　瀬田が言う。

「新富士駅の近くですか」

　菊沢の目が鋭くなる。

「先日、新本部起《た》ち上げのレセプションが行なわれたようだが、MI5の潜入捜査官はその日以来、連絡が取れなくなったということだ」

　井岡が言った。

「つまり、その日に捜査官の身に何かがあったと？　であれば、静岡《しずおか》県警の組対課に強制捜査させるという手もあるかと思いますが」

「そう手配しようと試みたが難しい状況だ」

「難しいとは？」

菊沢が訊《き》く。瀬田が菊沢に顔を向けた。

「この一週間で、ＩＴＷＣの組織図がおぼろげながら見えてきた。主要メンバーの顔は依然見えてこないが、参加各国の支部と支部長の割り出しは進んでいる。そのほとんどが左派系の政党所属議員や民間団体の代表だ。確固たる証拠もなく、うかつに手を出せば、世論を動かすほどの批判を浴びることになる。日本だけでなく、どの国も労働者の憤懣《ふんまん》が溜《た》まっている。日本はまだいいが、諸外国では過激なデモ行動も行なわれる可能性もあるし、ＩＳ（イスラム教スンニ派原理主義武装団体）などのテロ組織への参画《さんかく》を助長することにもなりかねない。今、権力の横暴と目される行動は取りがたい」

淡々《たんたん》とした口ぶりだが、眉間《みけん》に苦渋《くじゅう》が滲《にじ》む。

「日本支部をとりまとめているのは？」

「狐塚弘信。事務局長をしている。共政党《きょうせいとう》系列の市民団体の代表で、現在三十七歳。主に労働者の権利に関しての活動をしている。ユニオンと結託して、企業に乗り込むこともしばしばあるようだ」

「極左であれば、公安部がマークしているはずですが」

「共政党系列の組織に属するが、極左とまでは言い切れない活動実態だ。そのあたりは実に巧《たく》みだな。公安も、単なる疑いだけではマークできない。捜査や取り調べの可視化が進む中、どこで情報が漏《も》れるかわからないからね」

「どうあっても、今回の捜査は、我々が引き受けなければならない状況ですか……」

「そういうことになる」

瀬田が言う。

菊沢は深く息を吐いた。

「今、実働していないのは、どこだ？」

井岡が訊いた。

「一課です」

「周藤君か。彼なら大丈夫だろう。頼めるか？」

「命令とあれば仕方ないですが……」

「私も暗殺部の存在を晒《さら》すリスクはできるだけ避《さ》けたい。もし、周藤君以下、デリート1のメンバーが納得しないようであれば、もう一度、第三会議に案件を差し戻し、新たな手を考える。まあ、強制的に駆り出される可能性もあるが、暗殺部を使う以上は私も慎重でありたい」

井岡は椅子《いす》の肘掛《ひじか》けを握った。

「いつまでに報告すればよろしいでしょうか？」

「菅沢官房長官に報告するまで三日の猶予《ゆうよ》がある。その間に、答えを出してくれ」

「わかりました」

菊沢は席を立った。

2

「ばあちゃん、ごめんね」

智恵理は台所で洗いものをしていた。

「いいんだよ。あんたが帰ってきてくれただけでうれしいし、うちがこんなに賑《にぎ》やかになることなんてないからね。ここはいいから、あんたは友達とくつろいでなさい」

「でも……」

「いいから」

祖母が目を細めた。目尻に深い皺《しわ》が立つ。

「じゃあ、そうする。片付けはあとでするから、置いといてね」

智恵理は言い、広間に戻った。

二十畳ほどの広間にはテーブルが並べられ、智恵理の友達が男女十人ほど集まっていた。テーブルには祖母・湯川《ゆかわ》みよりが作ってくれた料理と友達が買ってきた酒が並んでいる。

友人たちはそれぞれに語り合いながら、酒を酌《く》み交《か》わし、料理を楽しんでいた。智恵理は布川の隣に座った。

改めて、思春期を共に過ごした友人たちの顔を見回す。みな、智恵理同様、荒れていた少年少女だったが、今はすっかり落ち着いていた。布川のように就職してきちんと働いている者もいれば、家業を継《つ》いでいる者、会社を経営している者もいる。女性ではすでに子持ちになっている者もいた。

「けど、一番変わったのは智恵理だよねー」

誰が一番変わったか、という話になった時、レディースで副ヘッドをしていた親友の奈《な》穂《お》美《み》が速攻でそう言った。

「あの〝オニガミ〟が、さらさらヘアーのぶりぶりＯＬだもんね」

「そういう〝アシュラ〟も二児の母じゃない。レインボーヘッドはどうした？」

智恵理が奈穂美に言いかえす。

奈穂美はレディース時代、長い髪を七色に染めていた。大柄で喧嘩《けんか》をする時は七色の髪を振り乱し、次から次と敵を薙《な》ぎ倒す様から〝阿修羅《あしゅら》〟の異名《いみょう》を取っていた。今でも、〝鬼神〟智恵理と〝阿修羅〟奈穂美のレディース時代は、北関東最強と噂《うわさ》されるほどだ。

しかし、その奈穂美も今は結婚し、二児の母となった。トレードマークだった七色の髪

も バッサリと切り、濃いブラウンのショートカットになっている。見た目はごく普通の主婦にしか見えなかった。

「翔太が言ってたけど、さっそく絡《から》まれたんだって？」

真樹《まき》が笑う。真樹も、智恵理と共に走っていた女性だ。

「ちょっと、ね」

智恵理が苦笑する。

「半殺しにしたんだって？」

「何言ってんの。いちゃもん付けられたから、軽く相手にしただけだよ。翔太、よけいなこと言わないで」

布川を睨《にら》む。

「俺は、見たままを言っただけだ」

布川はにやりとした。

「はい、あんたら、蕎麦《そば》だよ」

みよりが大きな盆に蕎麦のせいろを載《の》せて持ってきた。智恵理や真樹が立ち上がり、みよりから盆を受け取り、テーブルに置いていく。

「ばあちゃんの納豆《なっとう》蕎麦かあ。懐かしいなあ」

奈穂美が頬を綻《ほころ》ばせた。

蕎麦をつける濃いめの温かい付け汁の小丼には、山菜や鶏肉《とりにく》の他に納豆が入っている。蕎麦は、土浦北西部で採れる蕎麦粉を使用した手打ちだった。

「今晩、あんたたちが来るってんで、私とばあちゃんが手打ちしたんだよ」

　智恵理が言う。

「あんたが料理するとはねえ」

　奈穂美が智恵理を見上げる。

「バカ。昔からうまかったんだぞ」

　智恵理は笑った。

「でも、この蕎麦を食うと、智恵理のうちに来たって感じがするな。あの頃もよく、食べさせてもらってたもんなあ、俺ら」

　布川が目を細める。

「ホント。あたしらに良くしてくれたのは、智恵理のじいちゃんとばあちゃんだけだったもんな」

　奈穂美が言った。

「そんなことないよ。町の人たちは、みんなあんたたちのことを気に掛けてた。だから今、みんながそれぞれの道に進んで落ち着いたあんたたちを応援してる。周りは見ているものだよ。あんたたちは少しやんちゃだったけど、悪い子じゃなかった。今、こうして大きくなったあんたたちを見て、それが間違っていなかったことがよくわかる。それでいいんだよ」

みよりは目尻に皺を寄せ、深く微笑《ほほえ》んだ。

智恵理たちの顔にも自然と笑みがこぼれる。

「いっぱい作ったから、しっかり食べなさい」

「はい。いただきます」

複数が声を揃《そろ》え、蕎麦を手繰《たぐ》り始めた。

午後十時を回った頃、宴会はお開きとなった。

智恵理は食器を洗っていた。台所には片づけに残ってくれた真樹もいる。智恵理が洗った皿を拭《ふ》き、食器棚に片づけていた。

台布巾《だいぶきん》を持って、布川が台所へ入ってきた。

「天羽。テーブル拭いて、片づけておいたぞ」

「ありがとう。こっちももうすぐ終わる」

智恵理は最後の大皿を洗い、水切りに立てかけた。

「これ、どうする？」

真樹が大皿を見やる。

「あ、いいよ。あとで私がやっとくから」

「よし。終わったね」

真樹は息をついた。

智恵理は真樹と布川から布巾を受け取り、洗って、キッチンの縁《ふち》に広げて掛けた。

「お疲れさん。二人ともありがとうね。もう少し、飲んでく？」

智恵理が訊く。

「そうだね。翔太も付き合いなよ」

真樹が言った。

「俺はやめとく。明日、早いんだよ」

「日曜なのに？」

「昼から、平子《ひらこ》さんの送別会があるんだよ」

「平子さんって？」

智恵理もひと息ついて座る。

「うちのOB。俺が最初に指導を受けた人だ。今度、民間企業の要請を受けて、水質浄化技術の指導で海外へ行くことになってな。その送り出し」

「へえ。なかなか、ワールドワイドじゃない、翔太の仕事。いつか、翔太も海外へ行くの？」

「俺はまだまだだよ。でも、いつか水不足や水質汚染で困っている人たちの役に立てたらとは思ってる」

布川が微笑む。その笑顔に気負いはない。

智恵理の顔にも笑みがこぼれた。

「天羽はいつ帰るんだ？　こないだ、一週間くらいと言っていたけど」

「もう少しいようかなと思ってる」

「いいのか？」

「いいのよ。うちの会社、案外融通利《ゆうずうき》くから」

「東京の会社はいいなあ」

真樹が息を吐く。

「うちが特別なだけだよ」

智恵理は苦笑した。

と、ポケットに入れていたスマートフォンが震えた。

「ちょっとごめん」

台所の端《はし》に行き、スマートフォンを取る。ディスプレイには〝ツーフェイス〟の文字が表示されていた。一瞬、智恵理の眼差《まなざ》しが鋭くなる。

「もしもし、天羽です。はい……はい。わかりました。明日の午前には戻ります」

智恵理は電話を切って、肩を落とし、ため息をついた。

「どうした？」

布川が訊く。

「呼び出し」

智恵理はスマホを振って、口角《こうかく》を下げた。

「融通が利くんじゃなかったの？」

真樹が言う。

「何もなければね。でも、トラブルが起こったときは、日曜祝日関係なし。まあ、それで行って来いなんで、文句は言えないんだけどね」

「そっかあ。じゃあ、私も帰ろうかな」

「大丈夫だよ。明日の午前中に戻ればいいだけだから」

「ゆっくりしていけよ、真樹」

布川も勧める。

「それじゃあ……そうするか。女二人で飲もう」

真樹が笑う。

智恵理も微笑み、頷いた。

「じゃあ、俺は失礼するよ」

布川が玄関へ向かう。智恵理と真樹が見送る。

「ばあちゃんにごちそうさんと言っておいてくれ。それと、天羽。たまに東京へ出張するときがあるから、声かけてもいいか？」

「いつでも。仕事で忙しくなければ付き合えるから」

「わかった。その時は連絡する」

布川は右手を挙げ、玄関を出た。

布川を見送り、二人は居間へ戻る。

「真樹。明日、何もないなら泊まっていけば？」

「そうする。今日は語ろう」

真樹がおどける。

智恵理は頷き、冷蔵庫から缶ビールを出した。真樹が居間に小テーブルを広げる。真樹にビールを渡し、グラスや料理の残り物をテーブルに並べ直した。真樹がグラスにビールを注《つ》ぐ。

「では、改めて」

真樹がグラスを持ち上げた。

「乾杯」

にこやかにグラスを合わせる。苦味のある炭酸を喉《のど》の奥で嚙《か》みしめる。一つ息をついて、智恵理は真樹に笑顔を戻した。

「それにしても、みんな変わったよね。奈穂美が二児の母っていうのも驚いたけど、真樹が市役所の職員というのも笑えた」

「何言ってんの。一番変わったのはあんたじゃない。智恵理が東京のＩＴ会社で働くなんて、想像したこともなかったよ」

真樹は笑い、ビールを注ぎ足した。ほうれん草のおひたしを口に放り込む。

「それと、翔太もびっくり。水質浄化技術者だなんて。理系の才能なんてまるでない感じがしてたのに」

真樹が言う。

「そう？　私は案外、翔太らしいなと思ったけど」

智恵理が言う。

すると、真樹が意味深《いみしん》な笑みを浮かべた。

「さすが。翔太のことはよくわかるんだね」

目を細める。

「な……何よ」

智恵理の頬が赤くなった。

「ねえ、智恵理。もう時効だろうからさあ、本当のこと教えてよ」

「何よ、ホントのことって」

「付き合ってたんでしょ、翔太と」

「ばっ……バカ言わないでよ！」

智恵理の顔がますます赤くなった。

真樹もさらに目を細める。

「違うって。ホント、付き合ってないから」

「そうかなあ。どう見ても、あんたと翔太、似合いだったよ」

「だから、ホントに……」

智恵理は、ビールを飲み干した。

高校の頃、ことあるごとに布川とは噂が立った。仲が良かったことは確かだった。正直、智恵理も他の男たちよりは好意を抱いていた。しかし、その想いを伝えることはないまま、いつしか親友という立ち位置で自然に収束していった。

「いつだったか、翔太と飲んだとき、言ってたんだよ。あんたのこと好きだったみたいなこと」

「ホントに？　飲んだ勢いで適当なことを言ったんじゃない？」

「それだったらいいんだけどね……」

真樹がぼそりと呟《つぶや》く。

「えっ？」

「いや、何でもない」

真樹はあわてて、ビールを飲んだ。

そういうことか。智恵理はにやりとした。

「そういえば、真樹。彼氏はいないの？」

「全然。周り、ダサい男ばっかだもん。智恵理は？」

「私も全然」

「東京のＩＴ業界なら、いい男もいるんじゃないの？」

「そうでもない……」

言いかけたとき、脳裏にふっと周藤の顔がよぎった。頬が熱くなる。

「あ。気になる人がいるんだ」

真樹はあざとく突っ込んだ。

「いないって。あんたこそ、実は翔太が好きなんじゃないの？」

智恵理が返す。

真樹は声を詰《つ》まらせた。耳まで赤くなる。

「あはは。真樹も乙女だねえ、昔から」

「怒るよ、智恵理！」

「久しぶりに、やるか?」

智恵理が拳《こぶし》を握る。

「痛いのはもう飽きたから、これでいいよ」

真樹は缶ビールを開けた。

智恵理と真樹は、夜遅くまで懐かしい時間を想い出していた。

3

富士市にあるITWC本部五階の中央会議室では、トップ10メンバーによる会合が行なわれていた。

議長はカナダのアーサー・オートンが務めている。しかし、これまで並びのテーブルに座っていた脇阪が議長の隣に鎮座していた。勢力図が変わったことは一目瞭然《いちもくりょうぜん》だった。

オートンが口を開いた。

「新しく三人の代表が選出されました。自己紹介を」

オートンが向かって左手のテーブルに目を向ける。

「USA代表のベニート・ベネットだ。よろしく」

ヒスパニック系のアメリカ人で、眉は太くシャツから覗《のぞ》く胸元と腕には剛毛が生えていた。

「中国代表、宗雪蘭《そうせつらん》です」

長い黒髪の女性だった。切れ長の妖艶《ようえん》な瞳が印象的だ。

「イギリス代表、アンディ・エイムズです」

英国代表は、スリーピースのスーツを着こなす理知的な黒人青年だ。

「グレッグはどうしたんだ？」

ブラジル代表のダニエル・マテウスが訊く。

「グレッグ・モランは……」

オートンが口を開きかけたとき、脇阪が右手で言葉を制した。

「君はオープニングにいなかったね。私から説明しよう。グレッグは処刑した」

脇阪が言う。

会議場がざわめいた。

「ミスター・脇阪。あの時君は、モランを更迭《こうてつ》したと言っただけだが」

ロシア代表のビリュコワが言う。

「あの時はそうだ。が、その後の調査で、彼の下で働いていたグレッグの甥《おい》がＭＩ５の潜入捜査官だということが判明した」

脇阪の言葉に、全員がさらにざわめく。誰もが顔を見合わせ、不安げに眉尻《まゆじり》を下げた。

「グレッグの甥というのは、ローランドのことか?」

フランス代表のシャルル＝ルイ・ブランシャールが脇阪を見た。

「そうだ。モランとローランドを拘束した後、新代表のエイムズに調べてもらった。ローランドというのは本名で、グレッグの甥であったことは間違いなかった。また、MI5の諜報《ちょうほう》員のリストにも彼の名前があった。そうだな、エイムズ」

脇阪が訊く。

エイムズは、組んだ長い脚の太腿《ふともも》に両手を置き、静かに頷いた。

一週間前のオープニングパーティーの際、緊急のトップ10会議を開いた。その折、脇阪はグレッグ・モランとローランドを殺害したことは報《しら》せず、両名を拘束したとだけ伝えた。

その上で、いったんイギリス支部を閉鎖し、五日間で支部移転を済ませ、営業管理部の長を務めていたアンディ・エイムズを支部長に昇格させた。

一連の処理は、一応、トップ10の合意の下になされたとされるが、実質は脇阪主導で行なわれた。アメリカ、中国の代表も、脇阪の人選がそのまま通された形だ。

一部には不満もあるようだが、ブセナでの殺害を見ている者ばかりで、脇阪には逆らえなかった。

「ローランドも処分した」

「脇阪。なぜ、我々の会議に諮《はか》らなかったんだ?」

ビリュコワが言う。

「必要なくなった者は速やかに処分する。ＩＴＷＣの規定にはそうある。そこで、議長裁定で処分を遂行した」

「本当にローランドはＭＩ５の諜報員だったのか？」

ビリュコワは青い目を細めた。欧州の代表も、ビリュコワと同じように脇阪とオートンを見やる。オートンは顔を上げない。

脇阪はふっと笑みを覗かせた。

「間違いない」

「ならば、処分はまずかったんじゃないか？」

「他にどのような方法があったというんだ、ビリュコワ？」

脇阪は微笑んだまま、ビリュコワを見据《みす》えた。

一瞬、ビリュコワの目尻がひくつく。

「監禁して情報を聞き出すとか……」

「万が一、逃げられたらどうする？　それで終わりだ。違うか？」

「それは……」

ビリュコワが顔を伏せた。

脇阪は片笑みを見せた。

「今回の処分は、議長裁定で正しかったと、私は思う。ベネット君。君はどう思う?」

「俺もミスター・脇阪と同意見だ」

ベネットが言った。

アメリカ代表の発言力は強い。欧州組は黙るしかなかった。

「しかし」

脇阪は語気を強め、一同を睥睨《へいげい》した。

「ネズミを紛《まぎ》れ込ませたのは、旧本部とイギリス支部の失態だ。責任は取ってもらわなければならない。旧本部を管轄していたハワードは処分した。イギリス支部のモラン、ローランドも同様に処分した。残るは、議長だ」

脇阪がオートンに顔を向ける。

オートンが色を失った。

「わ……私は知る立場になかった」

「議長でありながら? だとすれば、職務怠慢《たいまん》ではないかな?」

脇阪は顔を寄せた。

「身の処し方はわかっているはずだ」

耳元で囁《ささや》く。

オートンは脇阪を一瞥《いちべつ》した。深く息を吐いて、マイクを握る。

「確かに、ミスター・脇阪の言うとおり。私にも管理監督責任がある。よって、私は議長の座を辞《じ》することにする。後任には、脇阪を推薦《すいせん》したい」

オートンが言った。

脇阪がほくそ笑む。

「私はミスター・脇阪の議長就任に賛成です」

エイムズが言う。

「俺もだ」

ベネットが続いた。

英米の代表が口を揃えた。

「私も新議長は脇阪氏が妥当だと思います」

宗雪蘭もそう言い、微笑んだ。

米英中の新代表が脇阪の味方についたことで、他国の代表は逆らえなくなった。

「では、ミスター・脇阪の議長就任に賛成の者は挙手を」

オートンが言う。

一人、二人と右手が挙がる。最終的には、全員の手が挙がった。

「ありがとう。誠心誠意、議長職を務めさせてもらう。ミスター・オートンには、このままカナダ代表として支部を任《まか》せるつもりだが」

脇阪はオートンを見た。

オートンは渋々《しぶしぶ》頷いた。

「では、本日よりＩＴＷＣは新体制に移行する。みんな、よろしく」

脇阪の力強い声が会議室に響いた。

4

翌日、智恵理は午前十一時に新宿へたどり着いた。西新宿、第一生命ビル十五階にあるＤ１オフィスに駆《か》け込む。

「すみません。遅くなりました」

ドアを開けると、一課の面々が顔を揃えていた。菊沢の顔もある。

智恵理はホワイトボード前のソファーを横切った。

「なんだよ、チェリー。酒臭《くせ》えな」

ソファーに腰かけていた神馬が顔をしかめた。

「悪かったわね」

神馬を睨みつける。

「怖いねえ、酔っ払いは」

神馬は双肩《そうけん》を竦《すく》めて見せた。

神馬を睨みつつ、自分のデスクにバッグを置き、素早くホワイトボードの脇に立とうとする。いつも智恵理が立つ位置には、凜子がいた。

「友達と久しぶりに飲んだんでしょう？　今日は座っていていいわよ」

「書記は私の仕事だし……」

「いいから。ファイルも見てないでしょう？　そこでタブレットを確認しながら話を聞いていればいい」

凜子がにっこり微笑む。

「さすが、リヴ。その優しさも罪なほど美しい」

伏木が言う。

凜子は伏木の方を見向きもせず、スルーした。

「チェリー。これ、どうぞ」

栗島が熱いお茶を出す。

「ありがとう、ポン。気が利くね、いつも」

「いえ……」

栗島は坊主頭を掻《か》き、最奥の自席へ戻った。

智恵理はお茶を啜《すす》った。熱い茶が食道を駆け下りる。ぼおっとしていた頭が少し戻り、目が冴《さ》えてくる。

周藤は、ほっこりと息を吐く智恵理を見て微笑んだ。

「チェリー。ファイルナンバー20216だ。他の者は目を通した。おまえもザッと目を通しておけ」

周藤が言う。

「わかりました」

智恵理はタブレットを起動し、当該ナンバーのPDFファイルを開いた。指でスライドし、さらりと目を通す。穏やかだった瞳が鋭さを増す。

「全員揃ったな。では、今回の事案について説明する。一ページ目を見てほしい」

菊沢が言った。

全員がタッチパネルをドラッグし、一ページ目を表示する。

「今回のターゲットは、このITWCという組織だ」

「国際総労働者評議会？　なんだ、これ？」

神馬が片眉を上げ、首を傾《かし》げる。

「世界各国の労働者問題を扱う国際機関だ。しかし、国連や各国の労働組合組織が承認したものではなく、民間の組織だ」

「つまり、有志が集まって作った任意団体ということですね？」

栗島が訊く。

菊沢は頷いた。

「それにしては、かなり大きな組織ですねえ」

伏木が呟く。

ＩＴＷＣには、世界七十カ国が加盟している。各国から代表を選出し、その中からトップ10と呼ばれる上位国が選ばれ、本部や事務局を運営している。組織図だけを見ると、国連の縮図のようだった。

「こんな組織が日本にあったんだな」

神馬が言う。

「いや、つい最近までは、本部はニューヨークにあった。約二週間前、富士市に本部を移転した」

「国際組織が日本に本部を置くとは珍しいわね」

凜子が不思議そうに言った。

「ＩＣＰＯもその点を留意している」

「まあでも、日本に本部を置くような組織なら、たいしたことないんじゃねえの」

神馬が鼻で笑った。

「サーバル。先入観は持つな」

周藤が神馬をたしなめる。

「はいはい」

神馬は気の抜けた返事をして、そっぽを向く。

周藤はため息をつき、菊沢を見た。

「この組織の問題点は？」

「三ページ目以降を見てほしい」

菊沢が指示する。

全員がタッチパネルを操作する。それを見て、菊沢が話を続けた。

「ＩＴＷＣは表向き、各国の労働問題を話し合う国際組織という顔をしているが、その裏で労働者の国際間取引をしている疑いがある」

「人身売買をしているということですね？」

智恵理は、報告書の〝ＨＵＭＡＮ ＴＲＡＦＦＩＣＫＩＮＧ〟という文字を見ながら訊いた。

「そうだ。さらに売買された者たちの身分を組織的に改ざんしている疑いもある」

「国際的に身分洗浄をしているということですね」

智恵理の言葉に菊沢が頷く。

「しかし、この報告書では〝疑い〟と記されているだけですね。確定事項ではないんですか？」

　伏木が訊いた。

「労働者を派遣している実態はある。が、それは正規の就労ビザを入手してのもので、各国の法律、さらには国際法にも触れていない」

「であれば、問題ないんじゃないですか？」

「それだけならな。五ページ目以降に記してあるが、インド洋沖で沈没した船のコンテナから発見された正規だが別人のパスポートやそれに関わっていたとみられるＩＴＷＣ職員の不審死等、彼らの裏取引を臭わせる事案が表出した。もし、彼らが各国の正規の書類を手に入れ、名前や国籍を偽《いつわ》ることで公然と人身売買を行なっているとすれば、世界的に憂《ゆう》慮《りょ》すべき事態が起こっていることになる」

「てことは、ツーフェイス。この組織のトップ10とかいう連中を殺《や》っちまえばいいんだね」

　神馬が言った。

　が、周藤が口を挟《はさ》んだ。

「報告書を見てずっと気になっていたのですが、表紙に第三会議の裁定が書かれていません。どういうことですか？」

　菊沢に目を向ける。

周藤の言葉を聞き、神馬は表紙を見た。タイトルの下にあるはずの、クロ、またはグレーという裁定の文言《もんごん》がない。

「あ、ホントだ」

神馬が目を丸くする。

「今回はＩＣＰＯの要請で、暗殺部に潜入捜査を願いたい」

菊沢が言った。

「ちょっと待て。殺しはなしか？」

神馬が顔を上げる。

「そうだ。ＩＴＷＣの内部と労働者の裏取引の実態を探るのみだ」

「そういうのは、公安か外事の仕事ではないのでしょうか？」

栗島が言う。

「先日、ＭＩ５の諜報員が行方不明となった。インドやロシアの諜報部員も多数が行方不明となっている。いずれも、各国のＩＴＷＣ支部に潜り込み、内偵を進めていた者だ。ＩＣＰＯは、各国諜報機関、捜査機関の情報が漏れているのではないかとみている」

「つまり、自分たちのように、世間に存在も知られていない人たちで捜査した方がうまくいく確率が高いということですか？」

「そういうことだ」

菊沢が頷く。

「冗談じゃねえ」

神馬はタブレットを放った。ソファーから立ち上がる。

「おれは暗殺部に入っただけだ。執行人以外、おれの仕事はねえし、普通のポリの仕事をする必要もねえ。おれは降りる」

ポケットに手を突っ込み、菊沢に背を向ける。

「サーバル、待ちなさい！　まだ、部長の話も終わってないし、ファルコンの決定も出ていない」

智恵理が呼び止める。

神馬は振り向き、智恵理を見据えた。

「こんな話、最後まで聞く必要もねえし、ファルコンが決めても、おれはやらねえ」

「それは勝手すぎるよ」

「どっちがだ？　おれたちはクソどもを殺すためだけに集められた連中だ。警察署で働くこともなけりゃ、不測の事態があったときは関係ないで葬《ほうむ》られる。そんな扱いをしておいて、ポリじゃどうしようもないから助けろだ？　おれは警察の駒じゃねえぞ。馬鹿にするのもたいがいにしろ」

「部長は馬鹿にしてなんかいないでしょ！」

「おまえが鈍いだけだ。ともかく、おれは降りる。ムカつくぜ」

神馬は椅子を蹴り倒し、そのまま振り向くことなく、オフィスを出た。

ドアが閉まる。室内が一瞬、しんとなる。

「何なのよ、あいつ……」

智恵理はドア口を睨んだ。

「いや、でも、サーバルが言ってることも一理あるよ」

伏木が口を開いた。

「あんたまでそんなことを言うの、クラウン！」

智恵理が伏木を睨む。

伏木は双眉《そうび》を上げた。

「まああ、そうカリカリしなさんな。冷静になって考えてみてよ。僕らは、絶対、表に知られてはいけない存在なんだ。それを、各国の諜報部員も捕捉されるような場所に放り込もうとしてるわけよ、第三会議は。それはつまり……あ、ポン、悪いな。おまえの口癖を取っちまったけど」

「いや……」

栗島が苦笑する。伏木は微笑み、話を続けた。

「つまり、第三会議は僕らの存在がバレても仕方がないという政治判断をしたわけだ。それはつまりつまり、不測の事態があったときは死んでくれということ。そういうことになりますよね、ツーフェイス？」

伏木は菊沢に顔を向けた。顔は笑っているが、双眸《そうぼう》は尖《とが》っている。

「必ずしも、そういう意味ではないが……」

「そういう意味も含むということですね」

伏木はうつむいてふっと笑い、腰を浮かせた。

「僕もサーバルの意見に賛成。暗殺部の仕事で死ぬなら本望だけど、本体の警察官の代わりというのは納得できません」

席を立ち、栗島に目を向ける。

「ポン。おまえ、どうするんだ？」

「自分は……」

ちらりと周藤を見る。周藤は腕組みをして、タブレットに視線を落としていた。栗島たちを見ようともしない。

「ポン。自分の思うことを言っていいのよ」

凛子が促す。

栗島は深くうつむいた。少しして、やおら顔を上げる。

「自分もその……ちょっと自分たちが背負うものではないような気がします」

菊沢と凜子を交互に見やる。

菊沢は眉間に皺を寄せている。が、その横で凜子は微笑み、頷いた。

「じゃあ、クラウンとポンも抜けるということね？」

「すみません……」

栗島は再びうなだれ、席を立つ。

伏木は栗島に歩み寄り、肩を抱いた。

「そういうことで。じゃあ」

右手を挙げて振り、オフィスを出る。

「ちょっと待ちなさいよ、二人とも！」

智恵理はデスクに手を着いて立ち上がった。追いかけようとする。

凜子が智恵理の前にスッと立った。智恵理を見つめ、小さく顔を横に振る。

「ファルコン。君の意見を聞きたい」

菊沢が言った。

周藤は腕を解《ほど》き、顔を上げた。

「工作員一人、情報員一人、執行人一人。六人のうち、三人が拒否しました。一課での対応はできません」

「君たちだけでも無理か？」

「俺は別に構いません。元々警察官ですから。しかし、リヴやチェリーも含め、身分こそ司法警察員ですが、サーバルの言うとおり、他の五人は暗殺部のために集まってくれた者です。強制はできませんし、個人的には暗殺に関係ない事案でみんなを無用な危険に晒すことは忍びないですね」

「そうか……」

　菊沢は深いため息を吐《つ》く。

「もう一言、付け加えておきますが」

「何だ？」

「俺たちが断われば、二課、三課に話を振るつもりかもしれませんが、できればやめていただきたい。どこの課がしくじっても、暗殺部の存在が露見することになる。それは俺たちの身を危うくするだけなので」

「つまり、暗殺部全体で拒否するということだな？」

「力になれず、申し訳ないですが」

「……わかった。仕方がない。君たちの言い分はもっともだ。案件は持ち帰って、もう一度検討するとしよう」

　菊沢は肩を落とし、重い足取りでオフィスを出た。

「ファルコン。いいんですか？」

智恵理が訊いた。

「俺たちはチームだ。そのうちの半数が反対した。結果は尊重すべきだ。それに、サーバルの言っていたことは間違っていない」

「私はこの仕事を――」

「オペレーターのおまえに何ができる?」

周藤がまっすぐ見つめた。智恵理は言葉を呑《の》んだ。

「おまえが俺たちと訓練したことは知っている。そこいらの警察官よりはよっぽど危機回避能力も高い。しかし、今回の事案は、本来公安の作業班がするような仕事だ。おまえはスパイの専門教育を受けたわけではないだろう?」

「そうですが……」

「潜入に関しては、クラウンやリヴよりも能力は劣《おと》る。おまえには無理だ」

周藤は断じた。

智恵理は瞳を見開いた。顔を伏せ、唇を嚙む。

「この話は終わりだ」

周藤はそう言い、腰を上げた。

智恵理は椅子に座り込んだまま、顔を上げなかった。

凜子は智恵理に歩み寄り、肩に手を置いた。

「飲みに行こうか」

肩を叩く。

智恵理はうつむいたまま、首肯《しゅこう》した。


オフィスを出た周藤は、小走りで菊沢を追いかけた。

菊沢はちょうど、エレベーターに乗り込むところだった。周藤もエレベーターに駆け込む。

「部長」

声を掛ける。

菊沢は顔を上げ、笑みを作った。

「すまなかったな。君たちに嫌《いや》な思いをさせてしまった」

「いえ。その件ですが、お話が――」

周藤は菊沢を見つめる。

菊沢は真顔になった。

「これから本庁に戻る。一緒に来てくれ」

菊沢が言う。

周藤は頷いた。

5

布川の元上司だった平子悟《さとし》の送別会は、午後一時より、研究所の会議室で行なわれていた。日曜日だというのに、技術部の所員はほとんど顔を揃えている。中央に設《しつら》えられた長テーブルには、ケータリングした軽食と酒や茶が並んでいる。誰もが昼間からほんのり赤い顔をしていた。

布川はペットボトルのウーロン茶を淹《い》れた紙コップを持ち、平子に近づいた。

「平子さん、これどうぞ」

ウーロン茶を差し出す。

「ああ、ありがとう」

平子がべっ甲柄《こうがら》の眼鏡《めがね》を指で上げ、ウーロン茶を受け取った。顔は真っ赤だ。

「ちょっと飲み過ぎですよ。飲めないのに」

「みんなとはしばらく会えなくなるからね。つい」

平子はウーロン茶を喉に流し込んだ。

「平子さん。本当にお世話になりました」

布川は深々と腰を折った。

「なんだい、改まって」

「平子さんが誘ってくれなければ、俺はここにいません。俺に生きがいをくれたのは平子さんです。本当に感謝しています」

「君は私がいなくても何かを探した。たまたま、私が関わっただけだよ」

そう言い、柔和な笑みを浮かべる。

布川はつられ、笑みを返した。

平子と出会ったのは、高校卒業後まもなくの頃だった。

進学も就職もしていなかった布川は、これから自分が何をすべきかを考えつつ、日々を安穏と過ごしていた。

くわえ煙草《たばこ》で川沿いを歩いていた布川は、いつもの調子で火の点《つ》いたタバコを川へ放った。

するといきなり、草むらから人が現われた。ねずみ色のつなぎを着た薄毛で痩身《そうしん》の壮年男性だった。べっ甲柄の眼鏡を鼻先に引っかけている。それが平子だった。

平子は手に持っていた網で吸い殻《がら》をすくい、摘《つま》み取り、土手を上がってきた。

「これを捨てたのは君か？」

「そうだけど」

布川は眉間に皺を寄せ、平子を睨み据えた。

睨むつもりはなかった。が、つい癖で相手を睨んでしまう。ほとんどの大人は、そうした血の気の多い布川を遠巻きに見るだけで関わろうとしなかった。

が、平子は平然としていた。布川を恐《こわ》がっている様子はない。

「喫煙は自由だが、吸い殻を川に捨てちゃいけないな。備え付けの灰皿か携帯灰皿に捨てないと」

「うるせえな」

布川はますます皺を寄せた。これも癖だ。意見されるとつい、凄《すご》んでしまう。

たいがいの大人は、ここで愛想《あいそ》笑いをして、退《ひ》く。だが、平子は気負いのない笑顔を向けた。予想外の対応に、布川は少々面食らった。

「ちょっと待っていなさい」

平子が土手の下に降りていく。

そのまま去ってもよかったが、布川は立ち去りがたく、そのまま平子を待った。

平子は青いクーラーボックスを肩に提《さ》げ、戻ってきた。

「まあ、座りなさい」

平子が言う。

布川はなんとなく言われるまま、土手に腰を下ろした。平子は布川との間にクーラーボックスを置き、その横に座った。蓋《ふた》を開ける。中にはマグカップ大のガラスケースが入っていた。

一つのケースを取り出す。中には川の水と、十センチ足らずの小魚が入っていた。黒くて細長く、腹部がもたっとした魚だった。

「この魚の名前を知っているか？」

「スゴモロコか？」

布川が答える。

「よく知ってるな、スゴモロコなんて」

「一応、子どもの頃からこのへんで遊んでるからな。淡水魚を知らないわけじゃない」

「幼い頃から、そうした自然に触《ふ》れるのはいいことだ。だが、惜《お》しい。これはタモロコだよ」

「スゴモロコだろ」

「よく見てごらん。髭《ひげ》が長いだろう」

平子が言う。

布川はガラスケースに顔を近づけた。平子が言うように、口元にどじょう髭のような両端にちょろりと長い口髭がある。

「あ、ほんとだ」

布川は目を丸くした。

平子は微笑み、別のガラスケースを出した。十二、三センチの菱形《ひしがた》の魚が入っている。体は灰褐色《はいかっしょく》に輝いている。

「これ、フナだな」

「そう。ゲンゴロウブナと言うんだよ。これで生後一年半くらいかな」

「名前までは知らなかったな」

まじまじとケースの中を見つめる。ふてぶてしいような、それでいてどこかとぼけたような顔を布川に向け、尾びれを揺らしている。

「関西では食用とされているフナでね。滋賀《しが》県堅田《かたた》の源五郎《げんごろう》という漁師からその名を取ったと言われているんだ」

「そりゃあ、嘘《うそ》だろう」

布川が笑う。

「こいつは絶滅危惧種なんだ」

平子はゲンゴロウブナを見つめた。

布川の顔から笑みが消える。

「この中にいるタナゴやワタカも。君たちが幼い頃に接した魚たちがどんどんいなくなっている」

平子がクーラーボックスに目を向ける。

「でもそれは、ブルーギルとかブラックバスのせいだろ？」

「それもある。肉食外来種には手を焼いている。でもね。もっと問題なのは水質なんだよ」

平子はガラスケースを戻し、クーラーボックスを閉めた。

顔を上げ、川を見つめる。

「一時期に比べて、日本の川はきれいになった。だが、毎日のように垂《た》れ流される生活排水の量は変わらない。どんなに自然由来の成分を使っても、川を汚すことに変わりはない。それとこのところの異常気象。上流のダムから流れ出る汚泥《おでい》は、一気に川の環境を悪化させる。外来種より厄介《やっかい》なのは、人の営《いとな》みなんだよ」

「でもよ。そんなこと言っても、俺たち生活しなきゃいけないわけだし。あんたの言ってることを真《ま》に受けりゃ、人間やめろってことにならないか？」

「そうだね。そう取る人たちもいる」

平子は苦笑した。

「でも、できることはある。たとえば、さっき君が捨てたタバコの吸い殻。君が捨てたのはたったの一本だが、その一本からもニコチンが水に溶《と》けて染《し》みだし、タールが川底に溜まる。彼らが生息するための水草がなくなる。フィルターを呑み込んだ魚は、異物を腹に入れて食事ができなくなり、死んでしまう。それが百本、千本になったときのことを想像してほしい。川は死ぬ」

平子が水面に視線を投げる。

「たった一本。されど一本。一人一人がちょっと意識を変えるだけで、水質は格段に良くなるんだよ」

平子は静かな口調で語る。気負いはない。

「なあ、あんた」

「平子です」

名乗り、笑顔を向ける。

「平子……さん。環境運動家か、大学の先生か、何かか？」

「私は土浦にある環境省の水質浄化技術研究所の研究員だよ。今日も桜川の水質調査に来ていた」

「それで、草むらの中にいたのか」

「そういうこと。一人一人の意識が変わるのを待っていたら、川は終わってしまうからね。でも、人間には知恵がある。人工的に水をきれいにする技術を開発すれば、それはそれで役に立つ」

平子はゆっくりと立ち上がった。尻に着いた土を払う。

「どうだ。ちょっと研究所に来てみないか？」

「いいのか？　俺、部外者だけど」

「私の客人だ」

平子は笑った。

仲間以外の、真っ直ぐな笑顔を見たのはいつ以来だろう。と、布川は思った。自然と布川の頬にも外連味《けれんみ》のない笑みがこぼれる。

「じゃあ、ちょっとだけお邪魔しようかな」

布川も立ち上がり、平子についていった。

その日以来、布川はたびたび平子の下を訪れた。平子の話を聞くほどに環境保全への興味が湧《わ》き、平子と共に働くため、三月半ばでも間に合う大学へ進んだ。

そして三年前、大学卒業と同時に平子が働く水質浄化技術研究所へ入所した。

「俺に道をくれたのは平子さんです。それは変わりません。平子さんはいつになっても、どこにいても俺の師匠です」

「そんなに褒《ほ》めても、何も出ないぞ」

平子はウーロン茶を飲み干した。

布川は手近にあったペットボトルを取り、紙コップに足した。

「そうだ。ちょっとした餞別《せんべつ》があるんですが」

「何だ？」

平子が布川を見る。

布川はジーンズの前ポケットから、ストラップを出した。

「これ、俺の友達が作ってるやつなんですけど、よかったら、平子さんと一緒に外国へ連れて行ってやってください」

平子に手渡す。

平子はストラップを見た。小さな灰褐色の菱形の魚の根付が付いている。

「ゲンゴロウブナだね」

平子が微笑む。布川は頷いた。

「こいつも、俺をここへ導いてくれた恩人ですから」

そう言って口角を上げる。

「ありがとう。連れていくよ」

平子はその場で、スマートフォンにストラップを通した。

「いつか、平子さんの仕事を手伝えるようになるまで腕を上げますから、待っていてください」

「長くは待てないぞ」

平子が笑う。

「がんばります」

布川は平子の目を見て、笑みを返した。

6

周藤は菊沢と共に警視庁本庁舎に赴いた。そのまま警視総監室へ入り、井岡や瀬田と対《たい》峙《じ》している。

「ということは、君一人で捜査するということだね？」

井岡が訊く。

「はい」

周藤は頷いた。

オフィスを出た後、周藤は本庁へ移動中、菊沢に自分が捜査をすると申し出た。

ただし、条件があった。

「その条件が、君を一課から外《はず》すということか」

瀬田が腕を組む。

周藤は瀬田に顔を向けた。

「本来なら公安か外事が捜査すべきでしょうが、ミスターDが暗殺部へ捜査要請をしたということはよほどのことだと察します。一課が拒否すれば、二課か三課を強制的に動かすこととなるでしょう。他課のメンバーがどういう構成か知りませんが、いずれにしても暗殺部のリスクが高まることに違いはありません。であれば、私が一課から離れて、単独捜査する方がマシかと思いまして」

「一課から外れる必要はあるのか？」

「敵はＭＩ５やＳＶＲのデータも入手できるネットワークを持っています。暗殺部の存在は完全秘匿ですが、漏れないとも限りません。であれば、私の存在をデータベースから消しておくことが、最もリスクを低くできるということになります」

「しかしそれでは、何か起こったときに君を助けられない……」

「援助要請する気はありません。何か起こったときは覚悟を決めますので」

周藤はまっすぐ瀬田を見つめた。

瀬田は考えをめぐらせたようだが、息を吐いた。隣にいる菊沢も顔をうつむける。

「周藤君。一つ訊くが」

井岡が周藤を見やった。

「君はなぜ、単独捜査をしようと決めた？」

「私は暗殺部の執行人であると同時に――」

井岡を直視する。

「警察官だからです」

語気を強めた。

井岡は笑みを滲ませ、頷いた。

「わかった。今回の捜査は周藤君に一任するとしよう。頼んだぞ」

「はい」

周藤は力強く首を縦に振った。


総監室を出た周藤は、並びの小会議室に入った。菊沢と捜査の打ち合わせをするためだ。会議室には処理課の長・加地荘吉も顔を出した。

「単独捜査とは思い切ったね、周藤君」

加地が言う。

「そうするしかなかったでしょう、今回の場合」

周藤は小さく笑った。

「話を持っていっておいて何だが、単独捜査は危険すぎる」

菊沢が苦悩を吐きだす。

「一課で動くことはできないか？」

周藤を見る。

周藤は微笑んだ。

「万が一の場合、死ぬのは俺だけで充分です。一課の者まで巻き込む必要はありません。それと菊沢さん。もし俺に万が一のことがあった場合――」

菊沢を見つめる。

「一課を解散してくれませんか?」

周藤は言った。

菊沢が息を詰めた。加地が目を丸くする。

「周藤君。もしかして……」

「嫌だな、加地さん。俺は死にに行くわけではありませんよ」

周藤は苦笑した。

加地の目元に安堵《あんど》が浮かぶ。

「もちろん、捜査は完遂《かんすい》するべく臨《のぞ》みます。しかし、今回の内偵は普段より数段難しい。万が一も想定せざるを得ません。俺の素性が判明した場合、敵は俺の背景を探るでしょう。そうなったとき、一課は事実上、動けなくなります。動けなくなった組織を温存しておく必要はないし、そこから暗殺部の存在が露呈するかもしれない。なので、俺に関わった者の記録は抹消しておく方がいい。それは一課のメンバーを守ることにもなります」

周藤は淡々と語った。が、その言葉の奥には強い決意が込められていた。

「……そうかもしれんな」

菊沢は周藤から視線を外して腕を組み、目を閉じた。

「周藤君。我々に手伝えることは？」

加地が訊いた。

「ＩＣＰＯが把握しているＩＴＷＣの職員構成を調べてくれますか。表の本体のものでかまいません。潜入する際、違和感のないようにしたいので。調べが付いた後、潜入までの背景工作はお願いすることになると思います」

「わかった」

加地が頷く。

「それと、あの人物に会わせてください」

「あの人物とは？」

「長井《ながい》結月《ゆづき》に」

7

送別会から三日後、平子は派遣業者からの迎えの車で東京に赴いていた。

今回、平子に海外指導を依頼してきたのは、〈ヒューミズム・リンク〉という国際民間派遣会社だった。

本社は丸《まる》の内《うち》にある。高層ビルの二十一階から二十三階の三フロアを借り切り、大々的に国際間での人材交流を行なっていた。

二十三階にある大会議場には、平子の他に十名の男性が集められていた。みな、平子と同じ六十オーバーの定年組だ。中には知った顔もあった。

「やあ、平子さん」

「これはこれは米嶋《よねじま》先生。ご無沙汰《ぶさた》しております」

平子は頭を下げた。

米嶋和宏《かずひろ》は大手商社で水質浄化システムを開発した先駆者でもある。平子たちのように水質浄化技術に取り組む者は、何度も米嶋に会い、その技術の教えを請《こ》うた。定年後、嘱《しょく》託《たく》として会社に残り、技術指導をしていると聞いていた。

「先生も今回のプロジェクトに参加されるのですか？」

「会社での技術指導はやり尽くしたからね。私も新天地へ旅立ちたくなったのだ」

白い口髭を湛《たた》えた口元に笑みを浮かべる。

平子も返したが、内心、気の毒に思っていた。

米嶋は確かに先駆者ではあるが、水質浄化技術は日進月歩で進化を続けている。米嶋の

開発した技術はすでに過去のものとなり、会社では需要がなくなっていると噂されていた。

平子は、その噂が嘘でないことを感じていた。平子の勤めていた研究所でも、もはや米嶋の開発したシステムは使われていない。時代の遺物と化し、倉庫の片隅に眠っている。大学教授になるという話もあったそうだが、先進技術についていけない米嶋の招聘《しょうへい》はなく、話は立ち消えた。

功労者ではあるが、現代では使えない。高齢者の哀しい現実を体現しているような人だった。

平子も同様だった。

つい最近まで現場にいたので、最新技術についての知識はあるが、それは知識があるだけの話で、システムを構築できる能力はすでに失われてしまった。

数年前から一線を外され、後進の指導や外へ出ての水質検査を任されることになった。それらも大事な仕事だ。が、技術屋としてシステム作りに携《たずさ》われないのは、屈辱《くつじょく》にも近かった。

無事、定年を迎えたものの、自分の中にはまだやり残している気持ちが残っていた。

そこに声を掛けてきたのが、ヒューミズム・リンクの代表、糸瀬伸孝《いとせのぶたか》だった。

三十八歳のベンチャー起業家だが、環境に対する意識の高い青年だった。身なりも常にきちんとしていて、好感の持てる笑顔を見せる。

糸瀬は世界的な環境破壊への憂《うれ》いを滔々《とうとう》と語り、平子へ途上国水質改善プロジェクトへの参加を求めた。

初めは返事を濁《にご》していたが、何度も足を運ぶ糸瀬の熱情にほだされ、首を縦に振った。

何より、必要とされていることに喜びを感じた。平子だけでなく、米嶋やこの会議室に集まっている同輩も同じ思いだろう。

日本からの技術の流出を嘆《なげ》く声が若者から上がっているのは知っている。しかし、そもそもそうした土壌を作り出したのは、外《ほか》でもない。国と企業だ。

高齢者の居場所を奪い、目先の利益だけに奔走《ほんそう》して、技術の継承をおろそかにしてきた。そのツケが回ってきたのだ。

必要とされる場所に赴くのは、人間の性分。非難されるいわれはない。

談笑していると、会議室のドアが開いた。糸瀬が姿を現わした。その後ろから、大きな黒縁《くろぶち》眼鏡を掛けた小柄な青年が入ってくる。

平子たちは椅子に腰を下ろした。

壇上に糸瀬が立った。満面の笑みを参加者に向ける。

「みなさん、私のプロジェクトに賛同いただき、本当にありがとうございます」

台に手を突き、深々と頭を下げる。少しして顔を上げ、再び笑顔を見せる。

「みなさんにご参加いただくプロジェクトの最終決定案がまとまりましたので、これより配布させていただきます。田森《たもり》君」

糸瀬が脇にいた小柄な青年を見た。

青年は頷き、抱えていた資料を各人の前に置いた。

平子は資料をめくった。途端、眉尻が上がる。他の参加者も同様だった。会場内がにわかにざわつく。

口火を切ったのは、米嶋だった。

「糸瀬君！　勤務地がアフリカとはどういうことだね！」

米嶋は声を荒らげた。

平子たちは勤務地がシンガポールだと聞いていた。シンガポールにある現地法人で、各国から集まった技術者に水質浄化システムの基本操作技術を教えるというものだった。

しかし、勤務地は西アフリカのガンビアやニジェール、リベリアなどに変更されている。業務内容も〝現地指導〟となっていた。

「当初、シンガポールの現地法人で技術指導をする予定でしたが、アフリカ諸国の政府関係者から、ぜひ現地指導を行なっていただきたいとの要請があり、協議を重ねた結果、そうした決定になりました」

糸瀬は笑顔のまま、淡々と語った。

「そうした変更は、我々に先に知らされるべきではないか！」

他から声が上がる。

「急でしたので、ご報告が遅れました。しかし、水質浄化システムの技術指導をするという内容は変わりません。むしろ、現地の方々は今すぐにでもきれいな水を必要としています。技術指導をしながら、そうした人々にきれいな水を提供するというのは、みなさんの本望ではないでしょうか？」

糸瀬が言う。

理念としては間違っていない、と平子は思う。が、シンガポールへ行くのと、アフリカへ行くのとでは心の準備が違う。何より、エボラ出血熱が大流行しているアフリカへ渡航するのは、勇気と覚悟がいる。

平子が思っていたことを、別の参加者が口にした。

だが、糸瀬は意に介さない。

「エボラの影響のない土地での作業です。他の伝染病については、予防接種をしていれば問題ありません。逆に言えば、そういう場所だからこそ、どこよりもきれいな水を必要としているのではありませんか？　今こそ、みなさんの力が必要とされているのです！」

糸瀬が声を張る。

言うことはわかる。しかし、誰もが躊躇《ためらい》を見せた。その中で一人、米嶋が息巻いた。

「諸君！　こんな詭弁《きべん》に付き合う必要はない！」

「詭弁とは？」

　糸瀬の笑顔がかすかに強《こわ》ばる。

「詭弁だろう！　我々はシンガポールで技術指導をするというから集まったのだ。アフリカと聞いていたら、参加はしていなかった者もいる」

「地域差別と捉えてもよろしいですか？」

「差別ではない。私が問題にしているのは、君たちが契約違反をしているということだ。契約書には、勤務地はシンガポールと明記していた。それを我々に問うことなく変更するのは、重大な契約違反としか言いようがない」

「アジアはよくて、アフリカはダメだと？」

「すり替えようとしても無駄だ。こんな変更を無断で行なう君たちは信用ならん。私はプロジェクトには参加しない」

「それこそ契約違反ですが」

「訴えるなら訴えろ、若造が！」

　米嶋はテーブルを叩《たた》き、立ち上がった。

　鼻息を荒くして、会議室を出て行く。米嶋は力任せにドアを閉めた。音が響く。平子は肩をびくりとさせた。

糸瀬は田森を見た。田森は頷き、米嶋を追った。

笑顔を作り直し、平子たちを見やる。

「米嶋先生の言うとおりです。お知らせせず、急な変更を決めた我々の落ち度はお詫《わ》びします」

糸瀬が台に額を擦りつける。

「出発まで三日あります。みなさん、ホテルへ戻って、もう一度プロジェクトへの参加をお考えください。私どもも無理は言えませんので。それでも、私たちの理念に賛同していただけるという方々には感謝いたします」

糸瀬はそう言い、壇上を降りた。


田森はトイレで米嶋を見つけた。米嶋は用を足し、手を洗っていたところだった。

「米嶋先生。会議室へお戻りいただけませんか？」

「戻らん！　馬鹿にするのもいい加減にしろ！」

洗い立ての手を振り、水滴を飛ばす。

「そうですか。では、仕方がありませんね……」

田森は鏡越しに米嶋を見据えた。

その手には注射器が握られていた。

第三章　消失

1

マリア＝ウェヌス・イザベールは、ロングコートと黄金の長い髪をなびかせ、ロンドン警視庁の玄関を潜《くぐ》った。

ロンドン警視庁は通称スコットランドヤードと呼ばれる警察署で世界的にも有名だ。ロンドン市警が管轄するシティー・オブ・ロンドンを除く、グレーター・ロンドン全域を所管する。職員数も約五万人を誇り、イギリス国内はもとより世界でも最大の警察組織である。

エントランスに入ると、ＭＰＳ《ロンドン警視庁》の肩章をまとった制服を着た大柄の男が、でっぷりと膨《ふく》らんだ腹を揺らしながら近づいてきた。

マリアのサングラスに、男の姿が映る。

「よお、マリア。今日も派手だな」

話しかけ、手に持っているミートパイを口に運ぶ。

「あんたの腹の方が派手だよ。そんなに休む間もなく食ってると、その太鼓腹《たいこばら》が爆発しちまうよ」

「オレの腹の皮はクロコダイル並みだから問題ないさ」

双肩を竦《すく》めて笑う。口元にはミートパイの赤いソースが付いていた。

男の名はチャック・マコーリー。マリアがMPSの特別巡査をしていた頃、よく組んだ警察官だ。マリアよりは七つ下の五十三歳。本来なら警部あたりに昇格していてもおかしくない年齢だが、いまだ地区警ら課の巡査部長としてくすぶっている。もっとも、本人に出世欲はなく、パンダカーと呼ばれるパトカーで市内を巡回しているほうが気楽でいいらしい。

「特別巡査に復帰かい？」

マコーリーが訊《き》く。

「私はもう引退した身だ。こんな婆《ばあ》さんに頼ってないで、あんたらがもっとしっかりしな。口元に赤いリップが付いてるよ」

マリアはマコーリーの口元を一瞥《いちべつ》した。

マコーリーは双眉《そうび》を上げ、ハンカチで口元を拭う。マリアは苦笑し、顔を横に振った。

マリアは、元ＭＩ５の諜報《ちょうほう》員だった。四十歳の時に辞職し、その後はロンドン警視庁の特別巡査を十年弱勤めた。

ロンドン警視庁には、特別巡査という階級がある。正規の警察官でなく、パートタイムの非常勤警察官だ。必要なときに必要な捜査やパトロールを任《まか》される。非常勤ではあるが、常勤警察官と同等の権限を有する。

「ロバートはいるかい？」

マリアが訊いた。

「コミッショナーか？　総監室でチップスでも食ってるよ」

「食ってるのはあんただろ。パンダに乗れなくなるよ。少しは凹《へこ》ませな」

マリアはマコーリーの腹を叩《たた》き、エレベーターホールへ向かった。

すれ違う警察官たちが、マリアの顔を見つけては声を掛ける。

マリアはＭＰＳ内では特別に顔の知れた元特別巡査だった。

もう六十になるが、スッと伸びた背筋やスレンダーな肢体、張りと艶《つや》のある肌はとても還暦《かんれき》を迎えた女性とは思えないほどの若々しさだ。ＭＰＳの警察官の間では〝スコットランドヤードの魔女〟とも呼ばれていた。

エレベーターで最上階に上がる。総監室へ向かい、ノックもせずドアを開ける。ドアに寄りかかり、サングラスを外す。グリーンの瞳を部屋の奥に向ける。

執務机で電話を握っている白髪頭《しらが》の紳士がいる。ロンドン警視庁のロバート・アダムだ。肩章にはクラウンや英国騎士団の勲章であるバス勲章が縫《ぬ》い込まれていた。

ロバートはちらりとマリアを見た。

「OK。その件はそれでよろしく頼む」

話を切り上げ、受話器を置く。

「マリア。いきなり入ってくるのはやめてくれ」

「いいじゃないか。あんたが昔、私を口説《くど》いたこと、バラしちまうよ」

「何十年前の話なんだよ……」

口をへの字に曲げて、顔を横に振る。

マリアはソファーに腰を下ろした。細いパンツに包んだ足を組み、ポケットからタバコを取り出し、火を点《つ》ける。

「マリア、ここは禁煙だ」

「嗜好品《しこうひん》も好きに楽しめないとは、世も末だね。嗜好品を楽しむ自由はどこへ行ったんだい?」

タバコを指に挟《はさ》み、軽く振る。

ロバートは灰皿を出し、席を立った。マリアの向かいに座り、灰皿をテーブルに置く。

マリアは灰を灰皿に落とした。

天井に向かって煙を吐《は》く。そしてゆっくりとロバートに目を向けた。

「今日は何だ？」

ロバートが訊く。

「ローランドの件だよ。どうなってる？」

マリアはタバコの火を揉《も》み消した。

「うちと情報局が調べているが、行方不明のままだ」

「グレッグは？」

「同様だ」

短い返事をし、眉根を寄せる。

「あんたらの目は節穴かい？　何日かかってんだ」

マリアが新たなタバコに火を点ける。

「こっちの事情は知っているだろう。情報局も我々も、今はISの関係に追われている。こないだのスコットランドの住民投票の件が火種《ひだね》となって、IRA（アイルランド共和軍）にも動きが出てきている。ITWCの関係には人員を割《さ》けない。その中でもローランドの捜査は続けているんだ。察してくれないか？」

「わかってるよ、そんなことは。しかし、ITWCの方も放っておくわけにはいかないだろう。連中がもし、ICPOが睨《にら》んでいるように国際間で労働者売買をしているとしたら、いずれ、ISやIRAの件にも関わってくるよ」

マリアが紫煙の奥からロバートを見据える。

「承知しているが、確証が得られない限り、我々も動けない。表向き、ITWCは合法的に労働者の国際間交流を行なっている。疑いだけで強制摘発するわけにはいかない。まして、国際的な組織となれば、我々の勇み足が彼らに雲隠れする隙《すき》を与えることにもなる。事が単純なものでないことぐらい、君にもわかるだろう」

ロバートが深く息を吐く。

「すまなかったね。わかっちゃいるんだけど、可愛《かわい》い甥《おい》っ子の問題だ。つい、肩入れしちまう。私も歳《とし》だね」

苦笑し、タバコを揉み消す。席を立ったマリアは、サングラスを掛け、グリーンの瞳を隠した。

「何かわかったら、教えておくれよ」

「すぐに報《しら》せる」

ロバートが微笑《ほほえ》む。

マリアは右手を挙《あ》げ、背を向けた。

「ああ、そうだ、マリア」

ロバートが呼び止めた。

マリアがやおら振り向く。

「核心に迫っているわけではないのだが、ＩＴＷＣに動きがあった」

「なんだい？」

サングラスを鼻下に下げ、上目で見やる。

「三週間ほど前、ニューヨークにあった本部を日本へ移転した」

「日本？」

マリアが聞き返す。ロバートが頷《うなず》いた。

「どういう理由だい？」

「詳細はわからない」

「本当に核心に迫ってないね。でも、ありがとう」

マリアは片笑みを見せ、サングラスを人差し指で押し上げた。

2

周藤はスーツを着て茶縁の眼鏡《めがね》を掛け、中野《なかの》区にある東京警察病院を訪れた。指定されたエスカレーター脇のソファーに腰を下ろしていると、若い白衣を着た男性が近づいてきた。

「今日はどうされました？」

「カテーテル用の針のカタログをお持ちしました」

「どちらの先生に御用ですか？」

「特にアポイントは取っておりません。飛び込みですので」

「そうですか。こちらの先生などはいかがでしょう？」

男性が白衣のポケットから名刺大の黒いプラスチックシートを出した。中央にうっすらと蟻《あり》の陰影が浮かび上がる。

「ありがとうございます。私はこういう者です」

周藤はスーツの内ポケットから身分証を出した。広げる。髑髏《どくろ》を背負った紅《あか》い旭日章が表われる。

白衣の男性が目で頷いた。プラスチックシートをポケットにしまう。

「こちらへどうぞ」

男性が手招く。

周藤は男性についていった。受付左の通路を奥へ進む。突き当たり左にドアがあった。男性は蟻の陰影が入った黒いカードをＩＣカードリーダーにかざしてドアを開け、細い通路を進んでいく。ここには患者も、他の医師や看護師もいない。最奥まで進むと、エレベーターがあった。

エレベーター脇にもカードリーダーがある。かざすと、エレベーターのボタンが使えるようになった。

ドアが開く。

「どうぞ」

男性が促《うなが》す。周藤はエレベーターに乗り込んだ。男性はＢＦとだけ記《しる》されたボタンを押した。エレベーターが下っていく。

警察病院の地下には、暗殺部処理課の本部がある。処理課の課員は〝アント（蟻）〟と呼ばれ、彼らが勤務するこの場所は〝蟻の巣〟と呼ばれている。

蟻の巣には、暗殺部が執行した遺体が運ばれ、秘密裏に処分される。また、暗殺部が関わった事案で重要人物とみなされた者を拘束する場所もある。

エレベーターが開く。円形エントランスの八方から、ぐねぐねと曲がったいくつもの通路が延《の》びている。まさに蟻の巣様だ。

エントランスでは加地が待っていた。

「ご苦労」

「お世話になります」

周藤が頭を下げる。

白衣の男性は周藤と加地に一礼し、通路に消えた。

「今日のサインはどうだった？」

加地が訊く。

「ちょっとまどろっこしいですが、あれなら周りも気づかないでしょう」

周藤が言う。

白衣の男性との会話は、あらかじめ、加地と決めていたサインだった。アントや蟻の巣の存在は、決して外部に知られてはならない。それだけに、蟻の巣へ出向く際は慎重を期していた。

加地が歩きだす。周藤も続いた。右手の通路を奥へと進む。取っ手のない壁にぶつかる。加地はディンプルキーを差し、ロックを外してドアをスライドした。壁の向こうに空間が現われる。

自動ドアの手前には警察官の詰め所がある。警察官は席を立ち、加地と周藤に敬礼した。

「長井結月の様子は？」

「変わったところはありません」

警官はモニターに目を向けた。

ドア二枚を隔《へだ》てた先には、長井結月が収監されている部屋がある。

「髪を切ったんだな」

周藤が言う。

「一週間前です。それまで伸ばしっぱなしだったのですが、突然、髪を切りたいと言い始めまして。五人の職員監視の下での散髪でした」

警官が言う。

長井結月は以前、特殊遺伝子プロジェクトに関わる闇取引を主導していた女性だ。暗殺部一課がプロジェクトに関わった人間のほとんどを処分したが、長井結月は牛かされた。

結月はブローカーとして世界各地を転々とし、国際犯罪シンジケートの事情には通じている。公安や組織犯罪対策部、外事部などがその特異な経歴を重視し、処分を保留した。

結月が捜査協力する限り、彼女の処分は留保され続けるが、蟻の巣から出ることはできない。二十四時間、職員監視の下、生きることになる。

結月と同じように、アントに拘束され、地下牢《ろう》で生き続けることに耐えきれず、自死した者も多い。しかし、結月はまるで自宅にいるような様子で淡々と日々を過ごしている。

その生への執着《しゅうちゃく》と肝《きも》の据わり方は目を瞠《みは》るものがある。

それだけに、結月への監視は他の収監者より厳しかった。

「では、接見が終わったら声をかけてくれ」

加地が部屋を出る。

「ありがとうございます」

一礼して加地を見送り、警官二名と共に二枚目の自動ドアの奥にある接見室へ入る。固定されたテーブルと丸椅子《いす》があるだけの殺風景な部屋だ。他に何もない。結月は人を殺すことに何も抵抗を感じない女性だ。凶器となるものを備え付けておくわけにはいかなかった。

周藤は自動ドア側の椅子に腰を下ろした。警官が結月の房の重いドアを開ける。蝶番《ちょうつがい》が軋《きし》みを立てる。

結月が姿を現わした。ピンクの長袖Tシャツにホットパンツを穿《は》いている。髪の長いときは大人びた表情だったが、ショートにすると童顔がますます幼く映《うつ》る。

「あら、ファルコン」

結月が満面の笑みを浮かべる。そのあどけなさは、女子高生といっても通用するほどだ。髪型一つでがらりと印象を変える結月の底知れないポテンシャルが垣間《かいま》見える。

結月は警官をすり抜け、部屋へ入ろうとした。警官が立ちふさがる。

「手を出せ」

「いいじゃない。ファルコンには何もしないよ」

「規則だから」

警官が結月の手を取ろうとする。

結月がちらりと警官の革帯に目を向けた。あどけない瞳に一瞬狂気が滲《にじ》む。

「いいよ、そのままで」

周藤は言った。

「しかし……」

警官が手を止める。

結月が周藤を見た。双眸《そうぼう》に浮かんだ気配を消す。

「大丈夫。警護も外してくれ。監視をしておいてくれればいい。ベンジャーには俺から言っておくから」

「……わかりました」

警官たちは敬礼し、結月の房のドアを閉め、接見室のドアにも鍵を掛けた。

結月が周藤の前に座る。

「久しぶりだね」

結月は微笑んだ。

「油断も隙もないな」

周藤は結月を見据えた。

結月は意味ありげに微笑み、両腕をテーブルに乗せた。

「で、今日は何、周藤さん？」

名前を呼ぶ。結月はどこからか、ファルコンの本名を手に入れていた。

「君が俺の背景を調べさせた外部者は特定して処理したよ」

周藤が言う。

「そうだったんだ。どうりでこの頃、ここへ来ないなあと思ってたんだよね。さすが、暗殺部ね」

微笑んだまま、さらりと返す。

「今日訊きたいのは――」

「手ぶら?」

「何も持ってきていない」

「そろそろスタバで、クリスマスブレンドが出る頃なんだよね。あれ、好きなんだ」

「届けさせるよ」

「ありがとう」

屈託のない笑みを浮かべる。

「国際総労働者評議会という組織を知っているか?」

「ＩＴＷＣね」

即答だった。

「どんな組織だ?」

「元々は国連で不法就労者や未成年労働者の問題を扱っていた職員ＯＢが集まって作られ

た民間労働組合よ」

「ＡＦＬ‐ＣＩＯなどの各国の労働団体は関係ないのか？」

「連携はしているんだろうけど、直接は関わっていないはず。あ、わかった。ＩＴＷＣの話なら、国際的な不法就労者の渡航実態とか調べてるんでしょ」

結月がしたり顔で微笑む。

「おまえが知っているということは、そうした実態があるということだな？」

周藤は結月を見つめた。

「そういう噂《うわさ》があることは知ってるよ。各国の労働実態に精通しているということは、各国の労働ビザや永住権の事情にも通じているということ。ちょこっと細工すれば、日本人もアメリカ人に早変わり。だもんね」

「方法は？」

「一番手っ取り早いのが、パスポートの偽造。短期滞在ビザを商用ビザに書き換えたり、他人の正規パスポートの写真を替えてみたり。でも、もっと確実な方法があるの、知ってる？」

「何だ？」

「その国の正規のパスポートを作っちゃうの」

結月はにやりとした。

「そんなことができるのか?」

「わかるでしょう? 周藤さんたちもいくつもの身分証を作れるじゃない。各国の諜報機関もね。捜査関係者にできることなら――」

「犯罪組織にもできないことはないと?」

周藤が言う。

結月はおどけた様子で双眉を上げた。

「ITWCがそうしたことを裏で行なっているということか?」

「実態は知らない。あくまでも私が知っているのは噂だけ。ただ、そういうことが可能だと考えるなら、実行している者がいないとは思えないよね。人間の考えつく悪意はすべてこの世に存在するものだから」

結月は片頬を上げた。

周藤は結月の言葉を流し、話を続けた。

「次の名前で、知っている者がいたら教えてくれ。ハドソン・ハワード、陳永健、グレッグ・モラン、ローランド・アンセル」

「ローランド・アンセルは知ってる。MI5の諜報員でしょう?」

「なぜ、知ってる?」

「なぜって。組織に属する人たちの情報は、どこからか漏《も》れるものよ。ファルコンが周藤一希だとわかるようにね」

結月が微笑む。

「俺のことはいい。どうやって、情報を得た？」

「雑談に付き合ってくれないんだね。つまんない人。まあいいわ。諜報機関そのもののデータベースは手に入らないけど、何かの犯罪捜査に関わった人間のデータは捕捉できる。それを集めてデータ化している組織もあるの」

「たとえば？」

「麻薬組織やマネー・ロンダリングのシンジケート。人身売買組織もそうした情報を持っていることがある。また、ＩＴ関連企業が裏でそうしたデータベースを売りさばいていることもあるよ。個人情報データはお金になるものね」

「おまえはどこの組織から手に入れた？」

「私は個人を通じてよ。私に情報を教えてくれる人なんて、ごまんといる」

結月は相変わらず、不敵な笑みを崩さない。

「ＩＴＷＣと日本との関わりは？」

「確か、日本代表は脇阪東吾よね。彼は、ＩＬＯの事務官をしていた人だったと思うけど」

結月が言う。

ＩＬＯは、国連が主導する専門機関だ。世界各国の労働条件や人権を精査し、各国政府に政策を提言する。また、労使状況を改善させるため、専門家を招聘《しょうへい》し、政府の労働問題担当者を集め、研修や教育プログラムに参加させるなどの活動も手広く行なっている。

「おまえが知っているということは、脇阪東吾は裏の顔を持っているということか？」

「それは知らない。だけど、脇阪東吾はＩＬＯの中でも労働権に関する提言にはうるさい人だったと聞いてる。労働者側に立つ人は、犯罪者にとって敵に等しいからね。そういう意味で、私たちの耳にも入ってきてたというだけのこと。ただ――」

結月が身を乗り出した。

「理想信条も行き過ぎると、テロリズムになるもんね」

さらりと言って微笑む。

「ＩＴＷＣがテロ組織だと？」

「その可能性もあるんじゃない」

結月は上体を起こした。胸下で腕を組み、話を続ける。

「だとすれば、他の人たちもそうした理念を持った人ということになる。そうした組織を洗ってみれば、他の人たちのこともわかるんじゃないの？」

「そうだな。おまえの言うとおりだ。ありがとう」

周藤は腰を浮かせた。

「もう、行っちゃうの？」

結月が眉尻《まゆじり》を下げる。

「用は済んだ」

「つれないなあ。次はいつ来てくれる？」

瞳を潤《うる》ませる。

「できれば、もう会いたくないがな」

「私に誘われて断わるなんて、いい度胸だね。でも、簡単になびく男よりはずっと好き。だから――」

結月は周藤を見つめた。

「いつか、殺してあげる」

そう言い、目を細める。

「おまえには殺《や》られない」

周藤はひと睨みし、警官に合図を送った。

取っ手のないドアが開き、警官二人が入ってくる。一人が房のドアを開き、結月に入るよう促した。

結月は素直に従う。ドア口で足を止めた。

「そうそう、ファルコン」

声をかけられ、周藤は振り向いた。

「脇阪東吾はね。ＩＬＯを追い出されたんだって。調べてみたらおもしろいかもよ。何かわかったら、私にも教えてね。クリスマスブレンドを差し入れてくれるついでにでいいから。じゃあね」

結月は手を振り、房へ入っていった。

警察官二人と接見室を出る。自動ドアを抜け、監視部屋に戻ると、周藤は警官二人に言った。

「長井結月に接触するときは革帯を外しておけ」

「どうしてです?」

警官の一人が訊く。

「狙っていたぞ。それを」

腰に下げた警棒や手錠、捕縄に目を向ける。

「大丈夫ですよ。取られたりしませんし、取られたところで彼女程度の女性ならねじ伏せられます」

もう一人の警官が笑う。

周藤はその警官をまっすぐ見て、言った。

「そうして油断した者は、みな彼女に殺された」

周藤の言葉を聞き、警官たちの表情が強《こわ》ばった。

「あいつには指先ほども気を許すな」

周藤は言い含め、アントの地下本部をあとにした。

3

午後十時を回った頃、ドアがノックされた。

「はい」

横になっていた平子はベッドから起き出し、ドアを開けた。

「夜分に失礼します」

ヒューミズム・リンクの糸瀬だった。斜め後ろには田森の姿もある。

「よろしいですか？」

「どうぞ」

平子は二人を招き入れた。

糸瀬と田森が入ってくる。平子は窓際の応接セットに二人を座らせ、自分はライティングデスクの椅子を引っ張り寄せ、腰を下ろした。

「ご用件は？」

平子が訊く。

「明日が期限です。平子先生はどうされるのか、確認させていただこうかと思いまして」

糸瀬が答える。

「先生はやめてください。私は一研究者ですから」

「いえ。平子先生の技術は世界に通じるものです。先生と呼ばせていただかないと、我々の方が心苦しい」

糸瀬は愛想《あいそ》笑いを見せた。田森は奥の席でじっと平子を見つめているだけだ。

「出向先が変更になったことは、ここに改めてお詫《わ》びをさせていただきます」

糸瀬が両膝に手を突き、頭を下げる。すぐに頭を上げ、平子に真《ま》っ直《す》ぐ目を向けた。

「しかし、我々としてはぜひ、先生の技術で水に苦しむ途上国の人たちを助けていただきたい。ご決断いただけませんか」

糸瀬が迫る。

「私のささやかな技術が多くの人を助けるなら、それに越したことはない。が、その前に――」

平子は糸瀬を見つめ返した。

「初顔合わせ以来、米嶋先生と連絡が取れないのですが」

糸瀬と田森を見る。二人とも動じる様子はない。

「米嶋先生は帰宅されました。残念ながら、協力いただけないということで」

「おかしいですね。米嶋先生が勤めてらっしゃる会社にも連絡してみたのですが、研究室に顔を出された様子はないということです。メールでも電話でも連絡が取れないのは、少々妙だなと思いまして」

話しながら、糸瀬と田森の様子を窺《うかが》う。

「連絡の取れないところへ出かけられたのではないでしょうか？」

「どこへ？」

「さあ、それは私どもにはわかりません。あの時点で慰留したのですが、ご協力はいただけないということでしたのでお帰りいただき、それ以降、こちらも連絡は取っていませんので。気にかかるようであれば、私の方でお調べしますが」

「いえ、それには及びません」

平子は微笑んだ。

「糸瀬さん。申し訳ないが、私も辞退しようと思います」

「どうしてですか？」

「やはり、出向先の突然の変更に対する納得の回答がないこと。それと、米嶋先生の動向がわからないこと。ちょっと不審な点が多すぎるかな、と。私たちはあなた方にすべてを預ける身です。出発前からこれでは、外国で放り出された際、途方《とほう》に暮れてしまいます」

「その点は充分に準備を──」

「そうでしょう。準備はしていただいていると思いますが、それを全面的に信用できない。わずか三日では判断できないことですよ、糸瀬さん」

「それは平子先生の見解でしょうか?」

「いいえ。今回集められた者のほとんどの総意と受け取っていただいて結構です」

「つまり、他のみなさんも断わられると?」

「ここへ出向いたということは、他の方の部屋も訪ねられたのでしょう? いかがでしたか?」

平子が訊く。

糸瀬の笑顔がわずかに強ばった。

「糸瀬さん。理念のあることだからこそ、ご自分の足下はしっかりしていただきたい。よくNPO団体などでもあることですが、見切り発車をしてしまうと、せっかくの良い提案やプログラムもつまらないことで頓挫《とんざ》してしまう。そうなったとき、最も迷惑をこうむるのは外でもない、現地の人々なんですよ。そうした中途半端な支援が二度、三度と続くと、いずれ現地の人々も私たちの支援を疑うようになる。そうなれば、どんなに良い技術もその土地には根付かなくなる。本末転倒ではないですか?」

平子は淡々と語った。

　糸瀬は目を伏せ、黙って聞いている。

「再度言っておきますが、あなた方の理念は素晴らしいものです。途上国の人たちのために何かをしようとして、実際に動くというのはなかなかできることではありません。私たちもきちんとしていただければ、協力することもやぶさかではありません。なので、今回は一度白紙に戻し、改めてプロジェクトの運営を整備して、再び声をかけてください。その際に私たちも改めて検討しますので」

「そうですか……」

「声をかけていただいたのに、申し訳ない」

「いえ。平子先生のおっしゃることはごもっともです。ですが――」

　糸瀬は顔を上げた。

「それじゃあ、困るんだよ」

　いきなり声色が変わった。

　笑みは消え、眼光が鋭くなる。

　平子はたじろいだ。ライティングデスクに置いたスマートフォンに手を伸ばす。

　田森が立ち上がった。素早く平子の脇に駆け寄り、平子の手からスマートフォンを奪い取った。糸瀬に投げて渡す。

「何をする！」

平子が声を荒らげる。

糸瀬は上体を屈《かが》め、上目遣いに平子を見据えた。

「平子先生……いや、平子。おまえらはもう、取引された身だ。今さら行かないという選択肢はねえんだよ」

「何だ、取引というのは！」

「あんたたちが知る必要はねえ。もう一度訊くぞ。アフリカに行くのか行かないのか。どっちだ？」

「行くわけないだろう！　君は米嶋先生に何をした！」

平子は立ち上がった。眉間《みけん》に皺《しわ》を寄せ、糸瀬を睨みつける。

糸瀬は平然とした顔をしていた。

「あの先生は第一人者だからな。差し出さないわけにはいかねえ。だから、出荷準備を済ませた」

「出荷だと……？　君たちは何を考えているんだ！」

「デケえ声を出すな。もう一度だけ訊くぞ。行くのか、行かないのか？」

「断わる！」

「そうか。じゃあ、仕方がない」

糸瀬が右人差し指を上げた。

田森が動いた。平子の背後に回り込み、首に左腕を巻いて裸締《じ》めにする。

平子は息を詰め、スーツの上から田森の腕を掻《か》きむしった。

田森はスーツの右サイドポケットから何かを出そうとした。

平子は抗《あらが》った。その手が田森の右サイドポケットにあたる。何かが折れる音がした。田森のスーツの布地がじわりと濡《ぬ》れる。

「糸瀬さん。注射器を壊されちまいました」

田森は暴れる平子を左腕一本で抑え、糸瀬を見やった。

「しょうがねえな。見せしめにしよう。殺れ」

「はい」

田森は首を締め上げた。ワイシャツのボタンが飛びそうなほど、上腕が盛り上がる。

平子は呻《うめ》いた。顔がみるみる赤紫に膨れ上がる。

田森がさらに力を込めた。

「あ……がっ！」

平子の双眸が見開いた。開いた口から泡が噴き出る。

田森が腕を離した。平子の両膝が頽《くずお》れた。田森の足下に沈み、カーペットに突っ伏す。

平子はカーペットを睨み据え、動かなくなった。

「どうします？」

「搬出港へ運んでいって、コンテナにぶち込んでおけ」

「わかりました」

「こいつも処分しておけ」

糸瀬は平子のスマートフォンを田森に投げ、平子の屍《しかばね》を冷ややかに見据えた。

4

智恵理は西新宿のD1オフィスに出勤していた。

オフィスは表向き、情報処理会社を謳《うた》っている。ウイークデーに誰も出勤しないのは、フロアにある他社や管理会社からあらぬ疑いを掛けられることになる。

またここが、菊沢や加地などとの情報中継基地の役割も果たしているので、オペレーターを務める智恵理は常駐しておかなければならない。そういう点では、他のメンバーとは違い、比較的通常の会社員に近い生活を送っている。ただ、仕事のないときは早く上がったりするので、自由度は高い。

この日も、出社した智恵理は自分のデスクに座り、ぼんやりとしていた。

インターネットで通常のサイトにはアクセスできるが、私的なSNSや通信を使うことは禁じられている。タブレットやスマートフォンも、位置を特定されるおそれがあるので、オフィス内での使用は制限されていた。

昼前に出社して、一通りネットサーフィンを終えると、あとできることがあるとすれば、読書やオフィスの整理や掃除《そうじ》くらい。それも毎日ではすぐに終わってしまう。

「お昼、食べに行こうかな」

誰もいないオフィスで独りごち、席を立つ。

オフィスのある第一生命ビルを出て、近隣の飲食店街へ向かう。途中、智恵理は自分のスマートフォンを出し、私用の電話やメールを確認した。

メールを確かめていた智恵理が足を止めた。

「あれ？」

布川翔太からだった。〝手が空いたら、連絡がほしい〟という短いメッセージだ。

智恵理は高層ビル半地下のオープンカフェの端席に腰を下ろし、布川の携帯番号を表示し、コールした。呼び出し音が三回鳴り、布川が出た。

「もしもし、智恵理です」

──ああ、悪いな、仕事中に。

「今、昼休みだから。どうした？」

──おまえの会社、ＩＴ関連だったよな。

「そうだけど」

智恵理は電話口で苦笑した。

——ちょっと相談したいことがあるんだが。

「何？」

——こないだ話した、水質浄化技術の指導で海外へ行くと言っていたOBの人と連絡が取れなくなってな。まあ、現地へ出かけたばかりだろうから、電話やメールができないのかもしれないんだけど、一週間前から音信不通なのは妙だなと思って。

布川が言う。

布川は昔から、状況判断には長《た》けた男だった。その布川が心配するには、それなりの理由があるのだろうと智恵理は察した。

——俺の通信機器に問題があるならそれでいいんだけど、ちょっと気になって。で、おまえんとこの技術者に見てもらえないかなと思ってさ。忙しいところ、悪いけど。

「技術者と言ってもなあ……」

智恵理は言葉を濁《にご》した。

IT関連企業というのは表向きの話。実際は、まるっきり違う仕事をしている。

困ったな……。思案していたとき、ふっと栗島の顔が浮かんだ。

「心当たりに訊いてみるから、折り返すね」

智恵理は電話を切った。

翌土曜日、智恵理は栗島の運転するワンボックスで、土浦へ向かった。

「ポン、悪かったね。休みの時に」

「いいえ。どうせ、うちにいるだけなので。それに、チェリーが頼み事なんて、めったにないことですし。自分に声かけてくれて、うれしかったです」

栗島は坊主頭を掻いた。

「本当にありがとう。だけど――」

智恵理はルームミラーを覗《のぞ》いた。

「なんで、あんたがいるのよ」

後部シートを睨む。

神馬がいた。神馬は背もたれに腕を引っかけ、片足をシートに投げ出していた。

「あんたは呼んでないよ」

「いいじゃねえか。おれも暇なんだから」

さらりと流し、ペットボトルの水を飲んだ。

智恵理が栗島に連絡を取ったとき、神馬は栗島を連れ出し、遊んでいた。そこで、智恵理から呼び出されたことを聞き、勝手についてきた。

「で、誰なんだ？　その布川ってのは。おまえの男か？」

「違うわよ！」

「だろうな。おまえに男がいたら、怖《こえ》えよ」

神馬が哄笑《こうしょう》する。

智恵理は歯ぎしりをして、睨みつけた。

「殺すよ」

「やってみるか？」

「まあまあ、二人とも。もうすぐ着きますよ」

栗島が苦笑してなだめる。

「サーバルは鈴木《すずき》。ポンは斎藤《さいとう》ね。サーバル。よけいなことを言ったりしたりしないでよ」

「わかってるって。そのくらいはわきまえてる」

「どうだか……」

智恵理は、耳にピアスを並べ、ライダースを着ている神馬を見て、ため息を吐《つ》いた。

車は、土浦駅から桜川沿いを北上し、左に折れた。川沿いに建っている煉瓦《れんが》壁の瀟洒《しょうしゃ》な五階建てマンションの前で停《と》まる。

「チェリー。このマンションみたいだけど」

栗島がナビゲーターに目を向けた。

「ちょっと待ってね」

スマートフォンを出し、連絡を入れる。

「……もしもし、私。今、マンションの前に着いたんだけど。うん、わかった」

電話を切る。

「すぐに出てくるって」

「もしもし、私、か。馴染《なじ》んでるじゃねえか」

「幼なじみだからね！」

智恵理は小さく怒鳴った。

神馬は意地悪な笑みを片頬に浮かべた。

まもなく、布川が出てきた。ジーンズにロングTシャツというラフな姿だ。厚い胸板がTシャツを押し上げていた。

「へえ。なかなかのマッチョだな」

「黙ってて！」

ルームミラー越しにひと睨みし、助手席の窓を開けた。

布川が駆け寄ってきた。

「天羽、悪いな。そこの駐車場に入れてくれ」

五十メートルほど先の青空駐車場を指す。

栗島は言われた場所に車を移動させた。神馬と智恵理が先に車を降りる。栗島はノートパソコンを収めたバッグを持って後から降り、車にロックをかけた。

布川が小走りで車を追ってきた。

「翔太。うちの技術系社員の鈴木と斎藤」

「はじめまして」

〝斎藤〟役の栗島が頭を下げる。

「せっかくの休日に来ていただいてすみません。そちらの鈴木さんも」

「おれはいいんだよ。どうせ、暇だから」

普段と変わらない口調で言う。

智恵理が咳《せき》払いをした。

「ちょうど、バスフィッシングに興味があったんで、二人が土浦に行くと言うんで付き合わせてもらったんですよ。お邪魔してすみません」

神馬は満面の笑顔を作った。

「そうですか。いえ、こちらこそわざわざ土浦まで来ていただいてすみませんでした。どうぞ」

布川が先導し、マンションへ歩きだす。

智恵理は神馬に近づくと、腿《もも》に膝蹴りを入れた。

「あいっ！」

神馬が反《そ》り返る。

布川が振り向いた。

「どうかしましたか、鈴木さん？」

「いえ」

あわてて笑みを作る。

布川は微笑み、前を向いた。

「覚えとけよ、チェリー」

「あんたこそ」

智恵理は睨み、布川の脇に駆け寄った。

布川の部屋は一階だった。右側のドアを開ける。

「どうぞ」

手招かれ、三人は部屋へ入った。

二LDKのマンションだった。一人で住むには充分な広さがある。

「小綺麗《こぎれい》にしてるね」

智恵理は部屋を見回し、言った。

「時々、真樹が掃除しに来てくれるんだよ」

「ふうん、真樹がねえ」

「俺はいいと言ってるんだけどな」

布川が苦笑する。

神馬は智恵理に近づいた。

「女がいるんじゃねえか」

耳元で呟《つぶや》く。

智恵理は、神馬に肘《ひじ》打ちを食らわせた。神馬が大仰《おおぎょう》に腹をさする。

「みなさん、インスタントコーヒーくらいしかないけどいいですか？」

「いいよ、おかまいなく」

智恵理が言う。

「おれ、いただきます。ブラックで」

神馬は言った。智恵理は怒る気にもなれず、呆《あき》れ顔で首を振った。

「では自分も。砂糖とミルク、入れてもらっていいですか？」

「わかりました。天羽はどうする？」

「じゃあ、私も。手伝うわ」

智恵理が布川の脇に駆け寄る。布川が出すカップにインスタントコーヒーの粉を入れ、お湯を注ぐ。室内に芳《こう》ばしい香りが広がる。

リビングテーブルを囲み、コーヒーを含む。

「翔太。もう一度、どういうことか詳しく聞かせてくれない？」

智恵理が切り出す。

「ああ。うちのOBの平子さんという人が——」

布川が話しだした。

布川の先輩、平子悟は〈ヒューミズム・リンク〉という会社の誘いで、シンガポールに水質浄化技術の指導に行くことになっていた。

布川は、平子が地元を離れてからも、毎日のようにメールでやりとりをしていたが、一週間前から音信不通となった。

当初、シンガポールでの通信事情や現地での煩《わずら》わしさで連絡が取れないだけかと思っていたが、会社の別の人たちも連絡が取れないと言っていて、気になったのだという。

「キャリアを変えたんじゃねえの？」

神馬が言う。

「メールアドレスなら、その可能性も考えたんですけどね。平子さんのプライベートのスマートフォンは海外でも通用するものなので、それが通じないというのはどういうことかな、と」

布川が神馬を見て言った。

「とりあえず、調べてみましょうか」

栗島はコーヒーを半分ほど飲んで、テーブルにノートパソコンを出した。フタを開けて、起動する。USBポートに、トランシーバーのような携帯電話を繋《つな》いだ。

「それは?」

布川が訊く。

「GPS追跡装置です。直接、衛星回線から電波を拾えるものです」

「すごいですね、それは……」

「本当はあまり表に出してはいけないものですけどね」

栗島は苦笑した。アプリケーションを起《た》ち上げる。

「布川さん。平子さんの携帯番号、わかりますか?」

「はい。090の——」

布川が自分のスマートフォンを見ながら言う。

「なあ、ポ……いや、斎藤君。そいつは、相手のスマートフォンが切れていては意味がないんじゃないかな?」

神馬が訊く。

「スマートフォンや携帯は、壊れているか電池が完全になくなっている以外、電波が切れるということはないんですよ。本体が生きている限り、微弱でも位置情報に関する電波は出しているんです」

「ほお、そうか」

「鈴木さんは、ご存じなかったんですか？」

布川が訊く。

「おれと斎藤君は、担当している仕事が違うもので」

神馬が笑ってみせる。

智恵理は鼻で笑い、コーヒーを含んだ。

栗島は平子の携帯番号をボックスに入力した。

「――45と。間違いないですね」

「はい」

布川が頷く。

栗島はボタンをクリックして、サーチをかけた。世界地図が表示され、青色の直線がモニターを這《は》い回り、幾何学《きかがく》模様を作る。モニターのあちこちにできていた四角い模様が徐々に収束を始める。栗島はその模様が小さくなっていくのをじっと見つめていた。

「……あれ？」

「どうしました？」

布川が訊く。

神馬と智恵理も栗島を見た。

「おかしいなあ……」

栗島は頭を掻いて、再びサーチを始めた。モニターを見つめていた栗島が、また首を傾《かし》げる。

「布川さん。平子さんのメールはありますか？」

「保存してますけど」

「ちょっと貸してもらっていいですか？」

「ええ」

布川は栗島にスマートフォンを渡した。

栗島はスマホを操作し、自分のプライベートのアドレスに平子のメールを転送した。ヘッダーを開いてIPアドレスを調べ、検索アプリに打ち込み、サーチした。

モニターに幾何学模様が這い、電話番号を入力したときと同じように、四角い模様が収束していく。

「うーん……」

「どうしたんだよ、ポ……斎藤」

神馬が画面を覗く。

「いや……。平子さんって方、シンガポールへ行くと言ってましたよね？」

「そうですが」

布川が答える。

「うーん……」

栗島は坊主頭をぼりぼりと掻いた。

「ハッキリ言えよ」

神馬は栗島の坊主頭を平手で叩いた。

栗島は手を止め、神馬を見た。

「いや、この平子さんのスマホ。日本にあるんですよ」

「えっ」

布川が目を丸くする。

「どこなの？」

智恵理が訊く。

「青海《あおみ》二丁目先の不燃ごみ処理センター。埋立処分場です」

栗島が答える。

神馬と智恵理の双眸が一瞬鋭くなった。

5

周藤は、誰もいない夜のD1オフィスで、脇阪東吾に関する資料を読みあさっていた。

ITWCの中心人物の一人である脇阪東吾に関しては、各国の諜報機関が多くの情報を集めていた。

脇阪は大学で国際社会学を学び、卒業後、外務省に入省した。その二年後、国連職員の採用試験に合格し、ニューヨークの国連本部や国連日本代表部で、主に人権や人道に関する問題を扱う社会部に配属され、キャリアを積んだ。

三十五歳の時、国連を退職し、ILO（国際労働機関）の東京支局に籍を置いた。

ILOは一九一九年、ベルサイユ条約で誕生した労働問題を扱う国際機関だ。加盟国の労働者の権利を守るための労使交渉に関与したり、仕事の創出プランを政府に提案したりする。また、児童就労や若年層の労働問題、ジェンダー問題にも深く関わり、各国に是正を促す提案を行なったりしている。

大学時代から人権問題を主に扱ってきた脇阪にとって、ILOはまさに理想の職場ではあった。

脇阪が人権や労働問題に強い関心を寄せた理由は、彼の生い立ちにあった。

脇阪の両親は共に非正規労働者で、共働きで生計を支えていた。しかし、脇阪が小学校六年生の時、父が他界。生活はたちまち困窮した。

母は正社員の口を探したが見つからず、蓄えも底を尽き、生活保護を申請した。が、母の収入が自治体の規定する最低収入金額を超えていたため、申請は却下された。

その日以来、母は昼夜の労働を強《し》いられた。そして、過労がたたり、脇坂が高校三年生の時に倒れ、そのまま不帰の客となった。

脇阪は憤《いきどお》った。

真面目に働いていたにもかかわらず、年金も払えず、生命保険にも加入できない。昼夜のパートをしても、一般平均年収には到底及ばない。生活のために稼げば、最後のセーフティーネットであるはずの生活保護も受けられない。

世界に目を向ければ、働いても働いても月に千円も稼げず困窮している人がいる。本来学ぶべき年頃に苛酷な労働を強《し》いられている子どももいる。

脇阪は、そうした現状をなんとかしたいと強く願い、人権問題に関わる仕事に就《つ》きたいと奨学金を受け取り、大学へ進んだ。

省内での脇阪への待遇は、決して恵まれたものではなかった。ずいぶん解消されたとはいえ、やはり官僚の世界には学閥がある。世間では一流よりやや格落ちする大学を出た脇阪に、省内の風は冷たかった。

しかし、脇阪は苦にしなかった。省庁に留《とど》まることが目的ではなく、キャリアを積んで、国連職員になることが目標だったからだ。

はたして二年後、脇阪はその夢を叶《かな》えた。

社会部に身を置いた脇阪は、積極的に各地を飛び回り、各国政府への是正提言案を次々と議題に挙げた。

その積極性は一部では評価されたが、それぞれの国情を鑑《かんがみ》ず、悪いものは悪いと理念で断じ、強行しようとする脇阪の姿勢は多くの反感も生んでいた。

それでも脇阪はぶれずに自分の信念を貫いていたが、ある途上国の労働問題を巡って職員と対立し、それで職を辞し、より労働問題に特化したＩＬＯに入った。

しかし、ＩＬＯでも労働者側に立ちすぎる姿勢が問題視された。

そして入局から五年後、東京支局で政府関係者を交えた労働問題会議の際、激昂《げっこう》した脇阪は政府代表者に暴力行為を働いた。

事件は内々に処理されたが、脇阪はその責任を取って辞職させられた。

その後、三年間は国内のユニオンやＮＰＯ法人を転々とし、労働者の権利を守る活動を続けていたが、七年前、アメリカに渡り、ＩＴＷＣに入局し、現在に至っている。

ＩＴＷＣは、二〇〇〇年に設立された、まだ若い組織だ。発足当時は、各国の小さな労働組合が集まる団体だったが、二〇〇八年のリーマンショックを機に加盟国と加盟団体が増え、国際的にも名が知られる組織へと変貌した。

ＩＴＷＣは、発足当初から各国の捜査機関にマークされていた。加盟している労働組合が、それぞれの国で過激な労働運動を行なう組織として知られていたことから、新たなテロ組織の誕生かと危惧《きぐ》されたからだ。

日本でも、支部ができた当初から公安部が情報を集めていた。

当然、脇阪もマークされていた。しかし、労働者の権利を声高に訴えるだけで、企業や保守系政治家を襲うなどという過激派的行動は一切起こしていないことから、緩《ゆる》い監視対象として扱われていた。

周藤は、脇阪の生い立ちやＩＴＷＣの組織図を読み返しながら、ＩＴＷＣへ潜《もぐ》り込む算段を考思していた。

人物としては、非正規労働者で低所得者の三十代と設定すればいい。過去に関しては母子家庭と設定して、脇阪の家庭と同じような不遇を受けたということにしておけば、労働問題に熱を入れても不自然ではないだろう。

問題は窓口だった。

ＩＴＷＣは職員採用試験を行なっていない。縁故採用のみということのようだ。

ＩＴＷＣ日本支部には、約七十の労働組合が加盟している。ユニオンのような有名なところもあれば、何をしているのかわからない、聞いたこともない名の労働組合もある。

加盟労組からＩＴＷＣ日本支部の職員となった者の統計が、公安部によって整理されていた。

それを見ると、特定の組織から採用されるというわけではなく、規模、知名度に関係なくランダムに拾われている。採用時期もまちまちだ。

「どこから入る……」

椅子にもたれ、資料を見据えていた。

と、ドアの軋みが聞こえた。肩越しに気配を探る。

「さっそく仕事かい、ファルコン」

伏木の声だった。

資料を伏せ、顔を向ける。伏木はドアにもたれ、天然パーマの頭に被《かぶ》せたハットに手を乗せ、白い歯を見せた。

「どうした？」

「明かりが漏れていたんで、誰がいるのかなと思って」

中へ入り、周藤に歩み寄る。

隣の空いている椅子に腰を下ろし、帽子を脱いでデスクに置いた。

「何を調べているんです？」

伏木は伏せた資料に目を向けた。

「ちょっと、な」

「ＩＴＷＣのことでしょ？」

伏木が言う。

周藤はふっと微笑んだ。

「だろうと思った。ファルコンは警察官だもんね。断われないと思いましたよ。でも、僕たちは巻き込みたくない。だから、独りで捜査する。そんなところじゃないですか？」

「その通りだ」

周藤が顔を上げた。

「ということだから、おまえは関わるな」

静かに見据える。

「もちろん、関わる気はないですよ」

伏木は双眉を上げた。

「ただ、個人的に気になったんで、調べてみたことはあるんですけど」

さらりと言う。

周藤は呆れ笑いを浮かべ、顔を振った。伏木がにやりとする。

「教えてくれるか？」

「ツーフェイスが、正規の書類を揃《そろ》えて、労働者を売買しているおそれがあると言っていたでしょう。あれを聞いたとき、蓮水と羽野のことを思い出しましてね」

「出家詐欺の事案だな」

「そう。あれも、合法的に身分を変えるという手法だったでしょう。もし、ＩＴＷＣが裏で合法的に身分を与えているとすれば、あの事案の関係者で何かを知っている者がいるんじゃないかと思いましてね。ちょっとミナクルの残党を当たってみたんですよ」

伏木が言う。

周藤はため息をついた。

「危ないぞ」

「ＩＴＷＣ本体に繋がっているわけじゃないから、大丈夫。そのへんは、Ｄ１随一の情報班員クラウンですから」

伏木が胸を張り、ニカッとする。周藤はつられて口許《くちもと》を緩めた。

「で、何か出てきたのか？」

「いえ。残念ながら……」

「まあ、そんなところだろうな。俺たちにもわかるような手口は使わないだろう」

「まったくもって、その通りなんですが、ミナクルの残党に以前、非正規労働者を支援するＮＰＯ系の労働組合にいたヤツがいましてね。そこの副代表が、どうやらＩＴＷＣに入局したらしいんですよ」

「何という団体だ？」

「〈労働の平等を実現する会〉。左翼系のＮＰＯ団体で、時に企業に対して過激な交渉を行なうようです」

伏木が言う。

周藤がタブレットを手に取った。

「ファルコン」

伏木はポケットからＵＳＢメモリーを取り出した。顔を向けた周藤に、ＵＳＢを放って渡す。

周藤はタブレットにＵＳＢを差し、テキストファイルを開いた。伏木が調べた情報が出てくる。周藤は素早く目を通した。

代表理事は、田森稔《みのる》という三十三歳の男性だった。一流大学の社会福祉学科を卒業し、その後、二、三の企業を渡った後、人材派遣会社〈ヒューミズム・リンク〉に入社している。

田森が働いているヒューミズム・リンク代表取締役社長の糸瀬伸孝は、ＮＰＯ団体の理事に名を連ねていた。

「このヒューミズム・リンクという会社は？」

「国籍を問わず有能な人材を拾い、各国の企業に紹介している会社のようですね。特に、工業、科学技術系の人材を送り出しているようで、登録者には大学教授や各企業をリタイヤした専門技術を持つＯＢも多いようです」

伏木が片笑みを浮かべる。

周藤は顔を上げ頷いた。ＩＴＷＣへの疑念と通ずるところがある。

「蛇足ですが、僕がＩＴＷＣへ潜入するなら、まず、非正規労働者として労働の平等を実現する会に相談に出向き、そのままそこのボランティア職員となって、そこからＩＴＷＣへの道筋を付けますね。直接の道筋はなくても、必ず、どこかへ通じているでしょうから」

「……お見通しか」

「情報班員ですから」

伏木はためを作って、白い歯を見せた。

「さてと。仕事もないのに、オフィスにいるのもつまらない。どこかでオネーチャンに会って帰るとしますか」

帽子を取って席を立つ。

ドア口まで歩き、振り返る。

「あ、そうそう、ファルコン」

周藤は伏木を見つめた。

「ファルコンがフリータイムにどう動こうと僕は関知しませんが、忘れないでくださいね」

伏木がまっすぐ見つめ返す。

「あなたもD1のメンバーです。独りじゃない」

周藤はタブレットを机の上に置いた。

「覚えておくよ」

返事をする。

伏木は小さく頷いて帽子を被り、右手を挙げ、オフィスを出た。

周藤はUSBメモリーを指で軽く弾《はじ》き、伏木が調査した情報に再び目を通し始めた。

6

神馬たちは東京へ戻り、いったん、栗島のマンションに身を寄せた。緊急時の例外規定だった。そこで夜まで待ち、午後八時を過ぎた頃、マンションを出た。そのまま夢の島マリーナに行き、プレジャーボートに乗り換え、薄闇に包まれた東京港へ繰り出した。

船は南下し、中央防波堤埋立処分場に向かっていた。

栗島が操船していた。デッキには神馬と智恵理の他、布川もいた。全員が、作業着を着ていた。

布川は、工場や倉庫街の明かりが溶《と》ける水面に目を向け、隣にいる智恵理に話しかけた。

「なあ、天羽」

「何？」

微笑みを向ける。ショートボブの髪の端が、潮風に揺れる。

「おまえら、本当にＩＴ企業の人間なのか？」

「どういうこと？」

「平子さんのスマホが埋立地にありそうだとわかった途端《とたん》、すぐ東京へ戻って、作業着やプレジャーボートを用意して。なんだか、犯罪を追いかける特捜班のドラマを見ているみたいだぞ」

布川は智恵理に目を向けた。

「私が警察みたいなところにいるわけないいじゃない。散々迷惑をかけた側なんだし」

智恵理は笑ってみせた。

反対側のシートで聞き耳を立てていた神馬が鼻で笑う。智恵理は神馬をひと睨みし、布川に視線を戻した。

「でも、いい勘してるね。私たち、テレビ局とも仕事をしているから、斎藤君に局に行ってもらって、知り合いにすべて揃えてもらったの。そういう意味ではドラマみたいというのは間違ってないね」

「そんなに簡単に揃えてくれるのか？」

「持ちつ持たれつ。私たちのこうした頼みを聞いてくれる代わりに、私たちは局のシステムに異常があれば、三百六十五日二十四時間、いつでも駆けつける。バーター取引みたいなものよ」

「ふうん。大変だな、ＩＴ会社も」

「仕事だからね」

　智恵理は笑顔を崩さなかった。

　東京へ戻ってすぐ、栗島は神馬たちを自室へ置いてマンションを出た。そして、加地に連絡を取り、事情を話して、アントにすべての用意をしてもらい、午後六時過ぎにマンションへ戻った。

「しかし、本当に平子さんのスマホが埋立地なんかにあるのかな？」

　布川は腕組みをした。

「何、疑ってんだ？」

　神馬は布川を見据え、近づいた。

「ちょっと、サ……鈴木君。翔太は疑っているわけじゃ――」

智恵理が間に入ろうとする。

神馬は右手を挙げ、制した。

「疑問は口に出しとくべきだ。何が引っかかってる?」

布川に訊く。

「平子さんと連絡が取れなくなって、一週間経《た》っている。スマートフォンの電池がそんなに保《も》つはずがないと思うんだが」

「なるほどな。ちょっと来い」

神馬は布川を操舵室《そうだしつ》へ連れて行った。

「どうしたの?」

栗島が神馬と布川を見た。

「布川君から質問があるそうだ」

神馬は布川を見やった。

布川は苦笑しつつ、疑点を口にした。

「ああ、それですか。一般の人は知らないですよね」

栗島がにこやかに話し始める。

「使い方によるんですよ。データ通信を使うと一日二日で電池が切れてしまいますが、待ち受けだけなら、一週間経ってても電池残量半分ということもありますから」

「へえ、そうなんですか」

　布川が目を丸くする。

「実際は、電池残量半分ということはめったにないですけど、緊急通報用に残量が二十パーセントを切ったら強制的に節約モードに切り替えるスマホもありますし。データ通信や通話をしていないほったらかしのスマホや携帯って、案外生きているものなんですよ」

「だから、一週間経っていても電波が拾えたわけですね」

「そういうことです。まだ、生きてますよ」

　栗島がタブレットに目を向ける。タブレットに表示した追跡アプリには、平子のスマートフォンの位置が記されていた。

「ふうん。動いてねえか？」

　神馬がタブレットを取ろうとする。

「ああ、触らないで！」

　栗島が神馬を止めた。神馬が手を引っ込める。

「何なんだよ！」

「いや……鈴木君なら知っていると思うけど、こちらが電波を探すと、そのたびに相手のスマホが電波を送受信するので、それだけ電池が減るんですよ。残っているといってもわずかでしょうから、埋立地に入ってからの位置特定分は残しておかないと」

「わかってるよ、そのくらい」

神馬は布川を見た。

「そういうことだ、布川君。触らないように」

神馬はそう言うと、操舵室を出た。

「あの……鈴木さんって、一風変わった人ですね」

「いい人なんですけどね」

栗島は苦笑した。正面に目を向ける。

「そろそろ、着きますよ」

デッキに声を掛ける。

栗島はサーチライトの電源を落とした。薄闇に包まれる。埋立地の明かりが水面に揺れる。

ボートのエンジンを切り、惰性でゆっくりと防波堤の岸壁に寄せていく。

「まだ、陸地は遠いですよね」

布川が言う。

「今、埋め立てている場所の手前百メートルくらいは、緩傾斜護岸工事が行なわれていて、ボートでは入れないんです。また、埋立地の護岸防壁は高いので、外周を覆《おお》っている壁から中へ進むのが最も合理的です」

「斎藤さんは何でもご存じなんですね。ボートの操縦もうまいし。とてもIT関係の人とは思えない」

「い、いや。雑学が好きなだけでして……」

栗島はどぎまぎしつつ、ボートを着けた。アンカーを落とす。

「その外周堤防から北西へ進んでください。百メートルほどで埋立地の防護壁に行き当たると思います」

「行くぞ」

神馬がボートを下りた。布川と智恵理が続く。栗島はGPS追跡アプリを動かしているタブレットと大きなスポーツバッグを抱え、最後尾を進んだ。

埋立地の夜間作業用の明かりはあちこちに灯《とも》っている。とはいえ、足下は暗い。波を浴び、海水に濡れ、滑《すべ》りやすくなっているところもある。が、神馬は闇も足下の不安定さも物ともせず、細い防波堤を駆けていく。

「天羽」

「何？」

「すごいな、鈴木君。この足場がまるでグラウンドのように感じるよ」

「あいつは特別なだけ。油断しないでね。落ちたら厄介《やっかい》だから」

智恵理は言い、神馬の後を追った。

神馬は一足先に防護壁の前に立った。

「案外、高えな……」

壁を見上げる。十メートルはゆうにあった。三人が追いついた。

「斎藤君。どうするんだ？」

神馬が訊く。

「防護壁のどこかに必ず階段があるから、探してくれるかな？」

栗島が言う。

「おれがか？」

神馬が自分を指差す。

「鈴木君が一番動けるから。お願い」

そう言い、ＬＥＤのペンライトを投げた。

「しょうがねえな。待ってろ」

神馬はライトを点《つ》け、左手に伸びる防護壁沿いを走った。ペンライトの明かりだけが遠退《の》いていく。

中央付近で神馬が止まった。ライトを振る。栗島たちは神馬のサインを見つつ、防護壁沿いを進んだ。

急な階段が防護壁の上に伸びていた。海水を被り、ぬめっている。

「おまえら、落ちるんじゃねえぞ。滑って落ちりゃあ、大ケガ必至だ」

神馬はにやりとし、飛ぶように軽やかな足取りで上っていった。

布川はその身体能力に目を丸くする。智恵理を先に行かせ、智恵理を守るように後ろから上がっていく。栗島も重い荷物を抱え、慎重に上った。

防護壁の頂上からは下る階段があった。神馬はすでに下へ降りていた。

「こっちだ」

ライトを振る。

「鈴木君！　ライトは振らないで！」

栗島が声を掛ける。

「なんでだよ」

「夜間作業の車やパトロール車が回ってるんだ。慎重に！」

「めんどくせえな……」

神馬は舌打ちをし、ライトを下へ向けた。

三人が埋立地に入った。

「なんか臭いなあ……」

智恵理がつぶやく。

防護壁の外にいたときは潮の匂いで気づかなかったが、生臭さとビニールが焼けるような臭いが混ざった、何とも言えない異臭が鼻を突いた。

「メタンと二酸化炭素ガスだよ」

「よくわかりますね」

栗島が布川を見やる。

「水質浄化の研究をしていますから。濃度は高くないようですが、長くいない方がいいでしょう」

「そうですね。急ぎましょう。みなさん、ガス抜き管が所々に出ているので、ぶつからないように気をつけてくださいね」

栗島は言い、もう一本ペンライトを出し、足下を照らしながら、GPSが示すスマートフォンの場所へ進んでいった。

神馬は最後尾に移動し、布川と智恵理の足下を照らしつつ、周囲に目を配った。

薄闇の中をゆっくりと進む。覆土《ふくど》に足を取られながらも、ようやくGPSが示している場所にたどり着いた。

栗島は足下付近にライトを向けた。

「おかしいなあ。このへんなんだけどなあ……」

青白い明かりが地面を這う。しかし、見つからない。

「なあ、斎藤君」

神馬が声をかけた。

「何です？」

「もう、ＧＰＳで探す必要はねえんだよな」

「このへんでしょうから……」

「だったら、鳴らしてみりゃいいだろう」

「でも、場所が違ってたら」

「その時はその時だ。おい、布川君。平子って人の電話を鳴らしてくれ」

神馬が言う。

布川はスマートフォンを出したが、栗島を見て躊躇《ちゆうちよ》する。

「あー、もう。貸せ」

神馬は布川の手からいとも簡単にスマホをひったくった。電話帳から平子の番号を表示し、通話ボタンをタップした。少しして、呼び出し音が鳴り始めた。

全員が耳を澄《す》ます。

「聞こえねえな……。ほんとにここなのか？」

「待って！」

智恵理が鼻先に人差し指を立てる。

かすかだが、クラシックの着信音が聞こえてくる。栗島は、音がする方にライトを向ける。智恵理と布川が地面に目を凝らす。

布川の目に反射する光が飛び込んだ。急いで駆けより、屈んで反射した何かを凝視する。

「これ……」

ゲンゴロウブナの根付《ねつけ》だった。

布川は覆土を手で掻いた。着メロが大きくなっていく。スマートフォンが出てきた。布川からの着信を報せる表示がディスプレーを輝かせている。智恵理は布川の手元を覗き込んだ。

「布川君。平子さんのものに間違いない？」

「ああ。このストラップは、俺が平子さんに餞別《せんべつ》としてあげたものだ」

布川が根付を握り締める。

神馬はさらに深く掘ってみた。その指に粉砕された生ゴミとはあきらかに違う大きさのぬめっとした何かが触れる。指先を持ち上げ、ライトで照らす。黒紫色の肉片が付いている。

臭いを嗅いでみた。神馬は顔をしかめた。

「どうしたの？」

智恵理が近づこうとする。

「来るな！」

神馬は強い口調で制し、ライトを伏せた。覆土で肉片を拭う。

「行くぞ」

神馬が言う。

「ちょっと待ってくれ。まだ、平子さんの痕跡があるかも――」

布川が言う。

神馬は布川の胸ぐらをつかんだ。

「いいから、行くと言ってんだ！」

神馬は怒鳴った。

栗島はスマートフォンのあったところに一瞬ライトを向けた。そしてすぐ、ライトを外す。

「行きましょう、みなさん。長居はよくない」

「ちょっと待ってくれ。何があるんだ？」

布川は神馬と栗島を交互に見やった。

智恵理は栗島を見た。栗島は布川に気づかれないよう、かすかに顔を横に振った。

「そうね。布川君、行きましょう」

「天羽まで。何だ？　何が――」

布川の双眸が開く。

「おい、ひょっとして……」

スマホのあった場所に目を向ける。

「何もねえ！　早く行け！」

神馬が突き飛ばす。布川は二、三歩後退して踏ん張った。

「確かめさせろ」

布川が神馬を見据える。

「何もねえと言ってんだろうが」

神馬は自然体に構え、対峙《たいじ》した。

智恵理と栗島は、睨み合う二人に割って入れなかった。それほどの殺気が神馬と布川の体から沸き上がっていた。

が、神馬が布川から視線を外した。黒目を背後に向ける。

「チェリー、ポン。おれが合図したら、ライトを消して、布川を連れてボートに戻れ」

声を殺して言う。

「何が――」

口を開いた布川を見据える。

布川が息を呑《の》んだ。自分と睨み合っているときとは違う、肉食獣のような鋭い眼光を放っていた。

「五分待機。戻ってこなければ、そのまま撤収しろ」

「了解」

栗島が言う。

「布川君。そうして」

智恵理が言う。

神馬は背後の気配に集中した。気配はみるみる濃くなる。

「布川。チェリーを頼む」

「あ、ああ……」

布川は頷き、生唾を飲んだ。

「カウントだ。三、二、一……行け！」

鋭い口調で言う。

栗島がライトを消した。三人が一斉《いっせい》に防護壁へ走る。

神馬はライトを握ったまま、左横に走った。

瞬間、薄闇にマズルフラッシュが瞬《またた》いた。銃声が轟《とどろ》く。

寝ていた鳥たちが一斉に羽ばたく。

「鈴木君！」

布川が立ち止まった。智恵理が腕を引く。

「早く！」

「しかし、彼が——」

「あいつは大丈夫！」

智恵理は布川の背後に回り、背中を突き飛ばした。

布川は奥歯を嚙《か》み、栗島たちと共に防護壁へ走った。

第四章　警告

1

神馬は闇を疾走《しっそう》していた。

敵は複数いる。それぞれが銃を放っている。

彼らは闇の中で的確に神馬を狙っていた。神馬だけでなく、防護壁へ走る栗島たちにも発砲している。銃声が絶え間なく響き、マズルフラッシュが敵の影を、時折浮かび上がらせる。

神馬は身を屈《かが》めた。敵にLEDライトを向ける。目元が光った。すぐさま、神馬に向け、銃弾が飛んでくる。

覆土《ふくど》を転《ころ》がり、銃弾を避《さ》ける。的《まと》を失った弾丸が覆土を巻き上げる。

「暗視ゴーグルか……」

再び、敵の目元に明かりを向ける。

敵は平然と神馬に顔を向け、銃を放った。

神馬は体勢を低くして、栗島たちと反対の方向に走った。

「保護装置付きだな」

走りながら、呟《つぶや》く。

よく映画やドラマで、暗視ゴーグルに光を当てて視界を潰《つぶ》すという方法で、敵の動揺を誘うシーンがあるが、それが可能だったのは初期の暗視装置だけだ。最近のものは、強烈な光が飛び込んできたときには自動的に増幅を遮断する保護装置が付いている。

つまり、光を浴びせて目を眩《くら》ませるという手法は使えないということだ。

「正攻法しかないということか」

神馬は敵の影を見据《みす》えた。

影が見えれば、敵の位置は捕捉できる。それで充分だ。

神馬はさらに左側へ走った。向かって一番左にいた敵が、神馬を追うように他の仲間から離れる。神馬はにやりとした。

わざと立ち止まる。マズルフラッシュが瞬《またた》いた。素早く横に飛び、転がる。

敵との距離は十メートルほどだ。

神馬は、敵に向かってジグザグに走り始めた。体を左に振った際、握ったライトで右を照らす。右に体を傾けたときは、ライトを左に。

マズルフラッシュが、右に左にと揺らぐ。敵は神馬を捉《とら》えきれず、乱射していた。

「下手な鉄砲は――」

敵の姿がハッキリと映った。

「数撃っても――」

神馬はＬＥＤライトを敵の顔に向けた。

敵が神馬を見た。敵が手のひらで目元を隠した。

保護装置が付いていても、間近でライトを浴《あ》びせられれば、目は眩む。

神馬が地を蹴《け》った。敵が視界を失ったわずかな隙《すき》に、懐《ふところ》へ潜《もぐ》り込む。

敵が神馬の気配に気づいた。が、その時にはもう、神馬は敵の顎《あご》の真下にいた。右の拳《こぶし》を握り締める。

「当たらねえんだよ！」

神馬は伸び上がり、アッパーを突き上げた。

中指の基節骨《きせっこつ》が顎下を抉《えぐ》った。

敵の口元がひしゃげた。さらに腕を突き上げる。敵の踵《かかと》が浮き上がった。身体《からだ》が宙を舞い、背中から地面に落ちる。敵は背中を強《したた》かに打ちつけ、息を詰《つ》めた。

神馬は飛び上がった。曲げた両膝を思いきり伸ばす。両踵が男の鳩尾《みぞおち》と腹部にめり込んだ。

「ぐええっ!」

敵の口から呻《うめ》きが漏《も》れ、胃液が噴《ふ》き出した。そのまま意識を失う。

神馬は暗視ゴーグルを剝《は》ぎ取った。自分の目元に装着する。

残りの敵に目を向ける。五人いた。みな、栗島たちに銃口を向けている。

神馬も栗島たちに目を向けた。三人は防護壁の階段にたどり着いていた。が、弾幕に襲われ、階段を上がれない。

神馬は倒した男の手から、銃を奪った。三八口径のオートマチックだった。男のポケットをまさぐる。満タンのマガジンがあった。神馬はマガジンをリリースし、弾が詰まったマガジンに入れ替えた。

「銃は苦手だが、仕方ねえな」

スライドを引いて、立ち上がる。

「おまえらの敵はこっちだ、バカ野郎!」

敵五名に向け、乱れ撃つ。手のひらに衝撃と熱が伝わり、たちまち痛くなる。だが、神馬は弾が尽きるまで、引き金を引き続けた。

敵は応戦することも忘れ、右往左往した。反撃されることは予測していなかったようだ。

神馬は乱射しながら、敵に駆け寄った。

防護壁の階段を一瞥《いちべつ》する。三人はなんとか防護壁のてっぺんにたどり着いていた。

「これで、存分にいけるな」

神馬はにやりとし、最も近いところにいる敵に駆け寄った。

敵は神馬に気づき、銃口を向けようとした。神馬も男に向け、引き金を引いた。が、弾は尽きていた。

神馬はカラの銃を投げつけた。敵がとっさに頭を抱え、腰を落とす。男の脇に擦《す》り寄った神馬は、右脚を真横に振った。敵のこめかみに脛《すね》がめり込んだ。

敵は顔を歪《ゆが》め、横倒しになった。神馬は左脚を支柱に一回転し、その勢いで男の腹を蹴り上げた。

男の身体が浮いた。口から血の混じった胃液を吐き出す。

男の銃を奪おうとすると、他の敵が発砲してきた。神馬はとっさに男の陰にうつぶせた。

「ぐあっ！」

男が背を反《そ》らした。

仲間の銃弾が、男の背に食い込んだ。

「容赦《ようしゃ》ねえな、こいつら……」

男の銃を手で探る。その指に男が腰に着けていたホルダーが触れた。

神馬はホルダーを剝ぎ取り、膝を立てて、前方に転がった。身を屈めたまま、ホルダーの中身を取り出す。

「こいつはいい」

神馬が片笑みを浮かべた。

伸縮警棒だった。

「やっぱ、おれにはこっちの方がしっくりくるな」

立ち上がり、警棒を振り出す。

敵二人が神馬に銃口を向けた。同時にマズルフラッシュが瞬いた。神馬は右に飛び転がった。立ち上がりざま、覆土が抉れるほど強く地を蹴り、二人に迫る。

二人は左手から迫る神馬に照準を定める。神馬は手前の男の腕に警棒を振り下ろした。しゅっと空を裂く。先端が男の手首を砕《くだ》いた。

男は悲鳴を放ち、握っていた銃を落とした。その脇からもう一人の男が銃で狙ってくる。神馬は右斜め前に大きくステップを切った。男の脇をすり抜ける瞬間、警棒で腹部を薙《な》ぎ払う。

男の身体がくの字に折れた。前のめりになる。神馬は警棒を振り上げ、男の後ろ頸《くび》に叩《たた》き込んだ。

男は双眸《そうぼう》を剝《む》いた。覆土に顔を突っ込む。男は尻を突き上げ、痙攣《けいれん》した。

「あと二人――」

神馬は敵を探した。

二人は神馬を無視し、防護壁へ走っていた。

「おれを狙えってえのに」

転がった銃を拾い、二人の敵に向け発砲する。

男たちは足を止め、身を屈めた。振り返って、応戦する。神馬は後退しながら、もう一人の男に近づいた。手首を砕かれた男はうずくまっていた。警棒を捨て、もう一丁の銃を拾う。

神馬は両手に銃を握り、仁王立《におうだ》ちで乱射した。

凄《すさ》まじい銃声が響き、マズルフラッシュが闇を照らした。敵の銃弾は覆土で撥《は》ね、神馬の頰《ほお》を掠《かす》めた。それでも撃ち続ける。あたりに硝煙の臭いが漂う。

神馬の銃のスライドが上がった。敵の銃声も止む。

神馬は再び、伸縮警棒を握った。

残った二人を倒すつもりだった。

しかし、神馬は身を屈めた。場内パトロールの車が埋立地周辺の道路を回ってきた。二台、三台と集まってくる。青い回転灯が地面を照らす。

神馬は歯嚙《はが》みし、警棒を捨てた。

手首を押さえ、踞《うずくま》る男の襟首《えりくび》をつかむ。男をうつぶせに倒し、ねじ伏せた。

「てめえら、何者だ？」

覆土に頰を押しつける。男は呻くだけで、何も答えない。

パトロールカーから警備員が降りてきた。サーチライトの明かりが、神馬を照らす。

「誰だ！　何をしている！」

警備員が複数、覆土の坂を下りてきた。

「ちくしょう……」

神馬は男の首筋に手刀を叩き込んだ。男は短く呻き、白目を剝いた。

男のポケットをまさぐる。スマートフォンがあった。神馬はそれを奪い取って、ポケットに入れ、ライトが当たっていない暗闇に走った。

暗視ゴーグルで警備員の動向を捉えつつ、自分のスマートフォンを出し、栗島の番号を表示する。通話ボタンをタップする。電話が通じた。ボートのエンジン音が聞こえてきた。

「──もしもし、おれだ。さっさとここを離れろ。あとでまた連絡する」

用件だけ伝えて通話を切り、闇へ姿を消した。

2

周藤は三日間、伏木が調べてきたミナクル関係者の証言やＮＰＯの話を精査し、潜入する方針を固めた。

その日の午前中、周藤は紺《こん》色のスーツに身を固めて黒縁眼鏡《くろぶちめがね》をかけ、くたびれたビジネスバッグを持って出かけた。

ＮＰＯ法人〈労働の平等を実現する会〉の事務局は新橋《しんばし》にあった。ＳＬ広場を横切り、外堀《そとぼり》通りに出て五分ほど西へ歩き、路地へ入ると、ひび割れた壁に雨が染《し》みた古い五階建てのビルがある。その最上階だ。

周藤は当該ビルに到着し、黒ずんだ階段を上がっていった。

五階に出ると、エントランスにＮＰＯの名を記した手書きの看板が立っていた。

インターホンを押す。すぐに相手が出た。

——労働の平等を実現する会事務局です。

若い男の声だった。

「すみません。派遣切りに遭《あ》いまして、そのことで相談したいのですが」

——どなたかのご紹介ですか？

「特定の方の紹介ではないんですが、以前、丸岡《まるおか》建設で働いていた方と居酒屋で居合わせた際、こちらへ相談して解決できたと話していたのを思い出しまして。お力になってもらえないかと」

——少々お待ちください。

通話が切れる。

周藤はドアから少し離れて待った。まもなく、ドアが開いた。

髪の毛の長い二十代とおぼしき男だった。細い瞳をさらに細め、笑顔を作っている。

「お待たせしました」

「どうぞ、靴《くつ》のままで」

男が促《うなが》す。

周藤は会釈《えしやく》をし、手招かれるまま、玄関を上がった。

短い通路の先にすぐ、ドアがあった。ドアを潜《くぐ》ると、オフィスが現われた。居並ぶスチール机には、ファイルが積み上がっている。棚の前にもファイルが溢《あふ》れ、雑然としていた。

机は四台。右手にはパーティションで仕切られた応接室がある。応接室の奥には給湯室やトイレがあった。

周藤は仕事をしていた他の二人にも会釈をして、応接室へ入った。二人掛けのソファーを勧められ、腰を下ろす。

「ただいま、担当の者が来ますので、もう少しお待ちください」

男はそう言い、パーティションの向こうに姿を消した。

周藤は周りを見回した。壁には写真が飾られていた。労働組合の長や左翼系の代議士の写真だ。いずれの写真にも、小柄でがっしりとした体格の男性と握手している様子が収められている。

まもなく、斑白頭《はんぱくあたま》をバックに撫《な》でつけた中年男性が入ってきた。腹は少々でっぷりとしていて、茶色いスラックスと上着はきつそうだ。脂ぎった顔の中にぎょろりとした眼が爛々《らんらん》と輝いている。

「お待たせしました。私はこの会の事務局長を務めている沼山《ぬまやま》です」

野太い声で言った。内ポケットから名刺入れを出す。

周藤は立ち上がった。

「青木《あおき》と申します。すみません、名刺は持ち合わせていないもので……」

「派遣切りに遭った身でしたらそうでしょう」

沼山は名刺を差し出した。事務局長・沼山加津彦《かつひこ》と記されている。周藤は名刺を受け取って内ポケットに収め、腰を下ろした。

「あの、こちらは？」

写真の小柄な男に目を向ける。

「それはうちの代表が労働問題に熱心な方々と会ったときの写真ですよ。その濃紺のスーツを着ているのが当会代表の田森です」

沼山が言う。

会のホームページには、代表の言葉は掲載されているが写真はなかった。いずれ会うことになるだろう。周藤は田森の容貌を脳裏に焼き付けた。

「さて、青木さん。どうされました？」

沼山が切り出す。

「先日、突然派遣切りに遭ったんです」

「どちらですか？」

「阿波物流《あわぶつりゅう》です」

周藤は答えた。

「ああ、あなたもですか」

沼山が口角《こうかく》を下げ、眉《まゆ》を寄せる。

予想通りの反応だった。

周藤は伏木を通じて、会が扱っている労働事案のリストを仕入れていた。その中の一つが阿波物流だ。

阿波物流は、自社が持つ物流センターに多くの派遣社員を雇っていた。主に、仕分けや梱包《こんぽう》といった軽作業を請け負《お》う者を雇い入れていたが、大量に雇った派遣社員が継続勤務丸三年を迎える前に、強制的に解雇した。

現行の派遣業法では、三年を超えて同じ派遣社員を雇いたい場合、直接雇用しなければならないと定められている。会社側は、派遣社員を正社員にするつもりはさらさらなく、労使協議もないまま一方的に首を切った。

そのため、多くの派遣社員が路頭に迷うこととなり、その中の一部が会社を相手取って裁判を起こそうとしていた。

今現在、会が最も力を入れている労働案件の被害者であれば、ＮＰＯも自分と接触するはず、と周藤は踏んでいた。

「どうしますか？　集団訴訟の本訴に加わるか、仮処分申請をするか、労働審判を行なうか」

沼山が訊《き》く。

解雇に関する紛争は、大きく分けて三つの方法で解決を図る。

本訴というのは会社側を訴えて、裁判で争うものだ。訴えが認められれば、完全復権を果たせるが、判決が下るまでには相当の時間を費《つい》やす。

仮処分申請は、本訴で係争している間、経済面などの観点から社員としての地位を保持させ、暫定的《ざんてい》に給与を払わせるという仮処分を出してもらうものだ。しかし、この場合、敗訴となれば受け取った給与は返さなければならない。

三番目の労働審判は、主に個人と会社間での話し合いを促し、解決するものである。裁判所を通じた示談と考えればわかりやすい。労働審判は他の方法より解決は早いが、示された審判に不服があれば、本訴に持ち込まれることが多い。

「阿波物流の件ですと、集団訴訟に加わった方が勝てる見込みは高いですよ」

沼山が言った。

「それはわかっているのですが、できればもう、あの会社には関わりたくなくて。でも、あまりににべもないやり方で生活を奪われたので、ひと言言ってやりたくて」

「それで、審判を選んだというわけですね？」

沼山の言葉に周藤は頷《うなず》いた。

「わかりますよ。うちに来られる方で、労働審判を選ぶ方も多い。生活のためにそうせざるを得ないんですよね」

「はい。今はなんとか、コンビニのアルバイトでしのいでいますが、それでも貯金を取り崩している状況です」

周藤は肩をすぼめ、うつむいた。

「派遣会社から次の仕事の紹介はないんですか？」

「それが、突然理由もわからないまま、会社がなくなってしまいまして……」

「何という会社です？」

「ミナクルです」

周藤が言う。

沼山の眉尻がかすかにひくりと蠢《うごめ》いた。

「先々月、いきなり会社がなくなったと聞かされて、どういうことかと思っていたら、今度は派遣切りに遭って……。派遣歴のデータもミナクルから得られないので、他の会社への再登録もできずでして。もう、どうしていいのかわからなくて……」

周藤はますますうなだれてみせる。

「大丈夫ですよ、青木さん」

沼山が言う。

顔を上げた。沼山は満面に愛想笑いを浮かべていた。

「青木さん、一つ訊かせてください。あなたはまだ、この先も派遣社員として働きたいですか？　それとも、正社員として安定した職場を得たいですか？」

「もちろん、正社員です。もう、派遣はこりごりです」

「わかりました。就職先は私たちも探しましょう。その前に、阿波物流との件に決着を付けましょう」

「あの……僕、本当にもうお金がないんですが」

「心配しないでください。そういう方たちのために、ここはあるのですから。では、こちらの書類に住所、氏名、連絡先、覚えている限りでの派遣歴、阿波物流での労働時間や待遇などをできるだけ細かく記入してください」

沼山は定型用紙を挟んだクリップボードを、周藤の前に差し出した。

「ありがとうございます」

周藤は深々と頭を下げ、ボールペンを取った。

3

ヒューミズム・リンクの代表糸瀬は、代々木《よよぎ》を訪れていた。北参道《きたさんどう》交差点から南へ坂を下った明治《めいじ》通り沿いの十一階建てビルの最上階ワンフロアに、ＩＴＷＣの日本支部のオフィスがある。

糸瀬は、支部長室に入っていた。二人掛けのソファーに腰を下ろしている。その横には田森の姿もあった。

二人の前には、事務局長の狐塚弘信がいた。脚を組んでソファーに深くもたれ、目に被《かぶ》さる前髪の隙間からじとっと糸瀬たちを見つめていた。

「糸瀬。水質浄化技術者の出荷はどうなった？」

狐塚が訊いた。

「無事に昨日の船で出荷しました。一人、欠損が出てしまいましたが」

「米嶋博士は？」

「出荷しましたよ。ご安心ください」

「博士は今回の発注の肝《きも》だからな。それならよかった。が――」

狐塚が脚を解《ほど》いた。ゆっくりと上体を倒し、両肘《ひじ》を太腿《ふともも》に乗せる。

「欠品の処理でトラブルがあったと聞いている」

髪の毛の隙間から糸瀬を睨《にら》む。

「トラブル報告は上がっていないが。どういうことだ？」

「たいしたことではありませんでしたので」

「本当か？」

狐塚は田森に目を向けた。

田森は黙って首肯《しゅこう》した。

「おい、糸瀬。たいしたことはない、というのは嘘《うそ》だろう」

「なぜです？」

「発砲したと聞いている」

狐塚が言う。

糸瀬の下瞼《まぶた》がかすかに痙攣した。

「誰からです？」

「俺にはいろんなところから情報が入るようになっている。ＩＴＷＣ本体を舐《な》めるな」

狐塚は低い声で言った。

糸瀬の頬が引きつった。

「すみません……」

「何があった？　話せ」

有無《うむ》を言わせない圧で糸瀬に迫る。

糸瀬は目を合わせないように、重い口を開いた。

「実は、平子という技術者が米嶋先生以上に騒いだので見せしめに処分し、いつものように処分場へ廃棄したのですが、何やら妙な連中が埋立処分場に現われて、平子の遺体を見てしまったようなのです」

「妙な連中とは？」

「今、調べていますが、まだ……」

糸瀬が言葉尻を濁《にご》した。

「どうして、バレた？」

「それもまだ……」

「まだまだだ。いつになったら、すべてがわかるんだ？」

狐塚は両眼を細めた。

糸瀬は顔をうつむけ、小さくなった。

「銃まで出していながら取り逃がし、敵の正体はわからない。それでよく、俺たちの傘下を名乗っていられるな。替えはいくらでも利くんだぞ」

「すみません！」

糸瀬は両膝に手を突き、テーブルに額《ひたい》を擦《こす》りつけた。田森も同じように頭を下げる。

狐塚は冷ややかに二人を見据えた。

「一週間やる。それで何らかの情報を摑《つか》めなければ、おまえたちの処遇はＩＴＷＣ本部に委《ゆだ》ねる。この意味がわかるな？」

「はい！」

「だったら、さっさと調べてこい！」

声を張り、テーブルを叩く。

糸瀬と田森はびくりとソファーで跳《は》ねた。そのまま立ち上がる。

「失礼します！」

二人は声を揃《そろ》えて腰を折り、そそくさと部屋を後にした。

「使えないな、あいつら……」

舌打ちをして、スマートフォンを取り出す。

脇阪の個人番号を出し、親指でコールボタンを押そうとする。が、指を止めた。

「俺のせいにされても困るからな」

狐塚はスマートフォンを置き、深くため息を吐《つ》いた。

4

智恵理と布川は、朝日の射しこむ栗島のマンションにいた。

神馬から〝三人揃って、どこか一カ所にいて動くな〟とメールが来たからだ。そのメールから三日が経《た》っていた。まだ、神馬とは合流できていない。

栗島がキッチンでコーヒーを沸かしているところに、智恵理が歩み寄った。顔を近づける。

「ごめんね、ポン。プライベートに干渉しないルールなのに、家に上がり込んじゃって」

「いいですよ。緊急事態だし。それに自分の家に誰かが来てくれるというのはちょっとうれしいです――」

はにかみつつ、ドリップしたコーヒーをカップに注ぐ。

智恵理は、コーヒーを注いだカップを二つ持ち、リビングに戻った。まもなく栗島もカップを持ち、座卓の前に腰を下ろした。

三人は所在なげに、座卓を囲んでいた。コーヒーの湯気がほんのりと揺れている。

「翔太、悪いね。引き止めちゃって」

智恵理はカップを握り、布川を見た。

「気にするな。ついていくと言ったのは俺だから」

布川は微笑《ほほえ》んだ。

「仕事は大丈夫なんですか？」

栗島が訊く。

「大丈夫です。ずいぶん休みを取っていなかったので、この期に有休を消化します」

「なら、いいかな」

栗島はぽそりと呟き、コーヒーを含んだ。

「あの、斎藤さん」

「なんですか？」

顔を起こし、布川に目を向ける。

「この際なので、ハッキリと訊いておきたいことがあるんですが」

「何でしょう？」

「あなたは、本当に斎藤さんですか?」

布川はまっすぐ、栗島を見つめた。

栗島は思わず、飲みかけのコーヒーを喉《のど》に詰めた。咳《せ》き込む。

「何言ってるの、翔太」

あわてて、智恵理が割って入った。

「見るともなく見てしまったんだが、郵便物に〝栗島〟とあった。別名でもあるのですか? 天羽、おまえにも訊きたいことがある。おまえ、本当にＩＴの会社で働いているのか?」

布川が智恵理を見る。

智恵理の笑みが強《こわ》ばった。

「もう一つ。埋立地にあったのは、平子さんの死体じゃないのか?」

布川が訊く。

智恵理の表情がますます固まる。

「そんなことは……」

「俺も、まっすぐ生きてきた人間じゃない。そのくらいはわかる」

「それは勘違いだよ。翔太も社会人になって、勘が狂ったんじゃ——」

「天羽。話してくれないか」

語気を強めた。

智恵理は押し黙った。栗島もカップを握ったままうつむく。

「教えてやればいいじゃねえか」

リビングのドア口から声が聞こえた。

三人が声のした方を見た。神馬がドアの柱にもたれかかっていた。

「サーバル！」

栗島が声を上げた。あわてて、口を塞《ふさ》ぐ。

「どうやって、入ったの？」

智恵理が訊いた。

「こんなマンション、これで充分だろう？」

神馬は工具のついたキーホルダーを回して見せる。そして、ゆっくりと部屋へ入ってきて、座卓の前に座った。

「布川君」

神馬が布川を見つめる。

「俺たちは、警察関係者だ」

神馬が言った。

智恵理と栗島が目を見開く。神馬は話を続けた。

「偶然だが、遺体を見つけた。あんたが気に掛けているとおり、スマホがそこにあったということは、見つけた遺体はあんたの知ってる平子さんだろう」

「やはり……」

布川は眉根《まゆね》を寄せ、拳を握り締めた。

「ということだから、布川君は土浦に戻って、とりあえず日常に戻ってほしい」

神馬が言う。

「いや。俺にも手伝わせて――」

「布川君。話を聞いてたか?」

神馬は布川を見つめた。

「死体が上がったんだ。殺人だよ。素人《しろうと》が関わる範疇《はんちゅう》は超《こ》えている」

「しかし……」

「素人は黙ってろと言ってるんだ」

布川を見据える。

布川は顔をうつむけ、押し黙った。少しして、やおら顔を上げる。

「……そうだな。君の言うとおりだ。君たちが警察関係者なら、ここは任せるべきだな」

神馬は視線をはずさない。

「鈴木君。いや、鈴木君ではないのだろうが、平子さんの件が解決したときは、顚末《てんまつ》を教えてくれるかな?」

「話せる範囲で教えるよ」

「ありがとう」

　布川は微笑み、立ち上がった。

「斎藤さん。三日間、お邪魔してすみませんでした。天羽、あとは頼むな」

「お気をつけて」

　栗島が言う。

「そこまで送っていくよ」

　智恵理は立って、布川と共に玄関へ行った。

「ごめんね、翔太。追い出すような感じになっちゃって」

「いいよ。鈴木君の言うとおりだ。天羽。今は何も聞かないが、この件が片づいたら、おまえが何をしているのか、また教えてくれ」

「話せる範囲でね」

　智恵理は微笑んだ。

　布川は頷き、玄関を出た。

　智恵理はドアを閉め、リビングへ戻った。

　神馬は栗島が淹《い》れたコーヒーを啜《すす》っていた。

「サーバル。ちょっと冷たすぎるんじゃない？」

神馬を睨み、腰を下ろす。

「このまま、ここにいる方が危ねえよ」

神馬はそっぽを向いたまま言った。

「どこへ行っていたんですか？」

栗島が訊く。

「襲ってきたヤツのスマホを奪ってな」

神馬はポケットから敵のスマートフォンを出し、テーブルに置いた。

「登録されている連中の素性《すじよう》をちょっと探ってきた」

「何かわかったの？」

智恵理が訊く。

「細かいところはわからねえんだけどな。何人かは、〈黒辺《くろべ》環境《かんきよう》〉というところの社員だった」

「何の会社なの？」

「産廃業者みてえだな」

「だったら、埋立地に出入りしていてもおかしくないですね」

栗島の言葉に神馬が頷く。

「でな。この黒辺環境の社長の黒辺三樹夫《みきお》ってのをちょっと調べてみたんだが、〈小笠原《おがさわら》組《ぐみ》〉の元幹部だった」

「小笠原組って？」

智恵理が訊いた。

「広域暴力団〈宗岡会《むねおかかい》〉傘下の武闘派ヤクザだよ」

「それで、布川君を外したということですか？」

栗島が訊く。

「まあ、それもある」

神馬は言った。

「でも、それなら翔太はここにいなくても危ないんじゃない？」

「平子のスマホは持って帰ってきたな？」

「はい。ここに」

栗島がパソコンの脇に置いていた平子のスマートフォンを手に取った。

「だったら、連中には最後に連絡を取ったヤツの正体はわからないはずだが、万が一もある。おまえら、あいつの周りを監視しといてくれないか」

「あんたはどうするのよ」

「おれはもう少し、黒辺のことを調べてみる。銃まで持ち出す連中だ。正体をはっきりさせとかなきゃ、落ち着かねえ」

「乱暴な真似《まね》はしないでよ」

「わかってるって。相変わらず、小姑《こじゅうと》みてえだな」

「小姑って、何よ！」

智恵理が頬を膨らませる。

「でなきゃ、小うるせえ身内ってところだ。じゃあ、頼むぞ」

神馬は言い、マンションを出た。

「ホント、やなヤツ」

智恵理はドア口を睨みつけた。栗島は苦笑した。

「チェリー。とりあえず、もう一度土浦へ戻りましょう。早い方がいい」

「そうね。しばらくはおばあちゃんのところにいることになるけど、いいかな？」

「自分は全然大丈夫です。一応、いろいろ対処できるよう、機材を用意しておくので、ちょっと手伝ってもらえますか？」

栗島の言葉に、智恵理が頷く。

「あ、この件、ツーフェイスに報告しておかなくて大丈夫ですか？」

「それはあとで私がしとくから、急ぎましょう」

智恵理が言う。

栗島と智恵理は、必要な機材を運び始めた。

5

伏木は、人材派遣会社ミナクルの元社員の女性と会っていた。四十代で顔全体のパーツが小さく、小柄で、全体的にこぢんまりとしている地味な女性だ。矢野章子《やのあきこ》という。

章子は当時、ミナクルの総務で働いていて、内部事情に詳しかった。ミナクルと東台東高寺が行なっていた出家詐欺の件は知らないようだが、社員や出入りしていた者たちの動向には明るい。

伏木は章子をランチに誘って、南青山《みなみあおやま》のオープンカフェに来ていた。通りに面してはいるが、足下には暖気が流れていて、冬場でも外で食事できるようになっている。

「江川さん。誘っていただいて、光栄なんですけど……」

章子は顔を伏せ、時折チラチラと周りを見ていた。

オープンカフェは通行人の視線も多い。章子はこうした場所に慣れていないようで、落ち着かない様子だった。

〝江川〟というのは、伏木がミナクルに潜入したときの偽名だ。江川知男と名乗っていた。章子にとって、伏木は江川知男だった。

「ここはガーリックトーストとオムレツが美味《おい》しいんですよ。章子さん、オーガニックが好きなんじゃないかと思って。ひょっとして、ステーキとかそういうものの方がよかったかな？」

伏木が言う。

「いえ。うれしいです……」

章子はほんのりと頬を染《そ》めた。

伏木が片笑む。

「章子さん、再就職先は見つかりましたか？」

「それが、まだ。探してはいるんですけど……」

章子が顔を曇《くも》らせる。

四十過ぎで、特に目立ったスキルを持たない者が、正社員の口を見つけるのは難しい。そこに男女差はない。

「実は、僕の知り合いで、簡単な事務や総務の仕事ができる女性を探している人がいまして。章子さんがまだ仕事を見つけられていなかったら、どうかなと思って、声をかけさせてもらったんです」

「本当ですか！」

章子が顔を上げる。

伏木は微笑み、頷いた。

「物流会社の営業所の総務です。給料は二十万に届くかどうかというところなんですけど。章子さんなら、問題なく紹介できると思いまして」

「ぜひ、紹介してください。お願いします」

章子が頭を下げる。

伏木が言った。

「わかりました。二、三日中に先方から直接、連絡させますので」

伏木は菊沢を通じて、矢野章子の就職先を探した。章子から、情報を引き出すための餌《えさ》だ。

菊沢は、伏木が周藤の潜入をサポートしていることを承知していた。

「さてと。お腹空《す》きましたね。何にしますか？」

メニューを差し出す。

「ちょっと気が早いけど、前祝いでもしますか。スパークリングで」

「お昼からですか？」

「たまにはいいものですよ」

伏木は右手を挙げ、店員を呼んだ。

「スカラベのロゼを二つ」

さらりと頼む。

「江川さん、私……」

「大丈夫です。とても飲みやすいものですから、一杯だけ。それと、鶏レバーのペーストもらえますか」

「かしこまりました」

女性店員が会釈《えしゃく》をして下がる。

「江川さんは今、どうされてるんですか？」

章子が訊く。

「僕は、知り合いのリサイクルショップで、査定と引き取りの仕事をさせてもらっています。バイトなんですけどね」

「何でもできるんですね」

「元々が根無し草でしたから。ミナクルには章子さんもいるし、骨を埋《うず》めてもいいかなと思ってたんだけど」

伏木が言うと、章子の頬がまた染まった。

店員が飲み物とパテを持ってきた。細長いグラスの中に濃いピンク色の液体が映える。底からは泡が立ち、いくつもの筋を作っていた。

「とりあえず、章子さんの再就職と僕たちの再会に」

グラスを持ち上げ、重ねる。

章子ははにかみつつグラスを合わせ、スパークリングワインを口に含んだ。

「ん……美味しい」

「でしょう？　パテと合わせると、さらに美味しいですよ」

伏木はパンにペーストを塗り、章子の取り皿に置いた。

章子はパンをひと齧《かじ》りし、ワインを含む。濃厚なペーストの味を爽《さわ》やかな炭酸がサッと洗い流し、溶《と》け合って喉の奥に落ちていく。章子の頬がほころんだ。

「食事、僕が適当に頼んでいいですか？」

「はい」

章子が頷く。

伏木はオムレツやサラダなどを頼み、章子に向き直った。

「そういえば、みんなどうしてるんですかね。石原《いしはら》さんとか里見《さとみ》さんとか」

「石原さんは、地方の市役所の臨時職員になったそうですよ。里見さんは、実家に帰って農業を手伝っているそうです」

「ああそうか。里見さんち、群馬《ぐんま》でレタスか何か作っているんでしたよね。僕も働かせてもらおうかなあ」

「江川さん、畑仕事なんてできるんですか？」

「こう見えても、自然と触れ合うのは大好きなんですよ。こいつの代わりにほっかむりしても似合うだろうし」

伏木はハットを持ち上げ、おどける。

酒が入ったせいか、章子の笑顔から固さが取れてきた。

「そうそう。尾寺《おでら》さんが、何だかすごい組織に入ったと聞いたんですけど」

「ああ、ＩＴＷＣですね」

「それそれ。何なんですか？」

「私もよく知らないんですけど、国際的な労働組合の機関だとか」

「それはすごい！　あ、もう一杯、どうですか？」

「いや、私は……」

「ここ、カクテルも美味しいんですよ。食事も来ることだし。ちょっと冷えるから、ホットカンパリでも頼みましょう」

伏木は店員を呼び、追加を頼む。

「そういうところでも働いてみたいなあ」

「江川さんは、何でもいいんですか？」

「いろいろと覗いてみたいだけです」

「好奇心旺盛なんですね」

章子はくすりと笑った。

「一度しかない人生。いろいろ見てみたいじゃないですか」

「いいなあ。江川さんみたいに積極的な人って」

章子の目がほんのりと潤《うる》む。

「一滴の勇気があれば、踏み出せるものですよ。新たな世界に」

伏木が微笑みを送る。

次々と食事やドリンクが運ばれてくる。伏木は雑談を交え、章子の気分を乗せていく。章子もすっかり、そこが外であることも気にならなくなったようで、口が滑《なめ》らかになっていた。

「しかし、どうやってそんなところに入ったのかなあ、尾寺さん」

不意に訊くともなく呟く。

「NPOから人材派遣会社に入って、そこからITWCに入ったと聞いてますよ」

「ああ、人材派遣会社に入ったというところまでは、他の人から聞いてたんですよ。確か、ヒューミズム・リンクというところですよね」

伏木の言葉に、章子が頷く。

「そこから、どうやって入ったのかなあ。何か、ルートでもあるのかな？」

「わからないけど。気になるなら、それとなく訊いてみましょうか？」

「いいんですか?」

「尾寺さんとは、まだコンタクトを取っているんです。就職の相談などに乗ってもらっているので」

「そうでしたか。もし、訊ける機会があればぜひ、お願いします」

伏木が頭を下げる。

「江川さんにはお世話になるんですもの。そのくらいはさせてもらいます」

「すみません。そんなつもりはなかったんですが」

伏木が章子を見つめる。

章子はグラスを両手で握って微笑み、首を横に振った。三杯目のホットカンパリを飲み干す。食事もあらかた片づいた。

「そろそろ行きますか」

伏木が立ち上がる。

章子も立ち上がった。足下がよろける。伏木はとっさに章子の腕を取った。

「大丈夫ですか?」

「ちょっと酔ったみたい……」

章子は伏木の腕を握り返し、伏木を見上げた。瞳の潤みが濃くなっていた。

「どこかで休んでいきますか?」

伏木が言う。

章子は妖しく微笑み、小さく頷いた。

6

栗島のマンションを出た布川は、その足で江東区《こうとうく》の埋立処分場を訪れていた。

「突然、すみません」

「いやいや。いつぶりかな？」

「俺が研究所に入ったばかりの頃なんで、三年ぶりになります」

布川は答えた。

対応してくれていたのは、大越良彦《おおこしよしひこ》だった。今年五十歳になる東京都環境局の職員だ。今は、産業廃棄物対策課に勤めている。

初めて出会ったのは、大越が水質浄化技術の研修で研究所に来たときだった。黒縁眼鏡をかけた一見もさっとした中年男性だったが、誰よりも熱心に平子の説明を聞いていたのを覚えている。

「平子さんは元気か？」

「ええ、まあ……」

布川は言葉を濁した。

「まあ、元気なら何よりだが。で、今日は？」

大越が笑顔で訊く。

「私用で東京に来ていたんですが、時間ができたので、最終処分場から出る浸出水の処理施設を見せていただければと思いまして」

「見たことはなかったかな？」

「以前、見たことはあります。が、埋立処分場のガス抜き管の周りは見たことがなくて、一度見ておきたいなと」

「わかった。では、職員に案内させよう。川崎《かわさき》君」

大越が呼んだ。

「はい」

オフィスの奥の席にいた小柄な男が手を止め、立ち上がった。大越と布川の下へ駆け寄ってくる。

短髪でずんぐりとした男だった。眉毛が薄いせいか、目つきが悪く映る。

「こちら、水質浄化技術研究所の布川君だ」

大越が紹介する。

「産廃課の川崎です」

川崎は名刺を出し、差し出した。

「布川です。すみません。今日は名刺を持ち合わせていないもので」

「いえ」

川崎が愛想笑いを浮かべる。

「布川君に最終処分場のガス抜き管を見せてやってくれるか」

「わかりました」

「私はこれから会議があるので、何かあれば、川崎君に訊いてくれ。研究所のみなさんによろしくな」

「はい。ありがとうございました」

布川が頭を下げた。

大越は右手を挙げ、オフィスの奥へ引っ込んだ。

「では、行きましょう」

川崎が促す。

「お忙しいところ、すみません」

「いえ。デスクワークばかりじゃ、息が詰まりますので」

川崎は笑い、外へ連れ出した。

青い回転灯が付いた軽ワゴンに乗り込む。布川は助手席に乗り、シートベルトを締めた。車が動きだす。

広大な敷地に網の目のように這《は》う舗装道路をくねくねと進んでいく。窓の隙間から、ゴミの臭いが混ざった潮風が入ってくる。

「処理をしても、やはり臭うものですね」

布川が言った。

「マシになった方ですよ。私は知りませんが、可燃ゴミの全量焼却が行なわれる前は、虫と海鳥と悪臭の天国だったみたいですから。天国というのもおかしい話ですが」

川崎が苦笑した。

埋立処分場の有様《ありさま》は、ここ二十年くらいで大きく変わった。その昔、特に昭和四十年代は、生ゴミや不燃物をそのまま最終処分場に投棄《とうき》していたせいもあり、埋立地にはハエやゴキブリ、ネズミなどがごまんと湧《わ》き、生ゴミ目当ての海鳥が群がっていた。

悪臭も近隣の住宅地に届くほどひどく、処理されていないゴミが発酵《はっこう》し、火災もたびたび起きていた。

その後、可燃ゴミはできるだけ燃やし、不燃ゴミを破砕焼却するようになって、少しずつ状況は改善されていく。平成九年には、東京二十三区の可燃ゴミを高温ですべて焼却し、処理する設備が整《ととの》い、生ゴミを発生させない処理方法が確立された。

原形を留《とど》めないほど細かく焼却・粉砕処理されたゴミを埋め立てるようになってから

は、ゴミ由来の害獣の発生や、耐えられないほどの悪臭、埋立地での火災は激減した。

「川崎さんは、どのくらいこちらで働いていらっしゃるんですか？」

「私はまだ二年です。以前は、産廃業者で運搬の仕事をしていたんですが、こちらで臨時職員を募集していたので、応募してみたんです」

「今も臨時ですか？」

「はい。一年ごとの更新になります」

「失礼ですけど、給与は下がったんじゃないですか？」

「ええ。でも、産廃運搬の仕事は金は良くても苛酷なんで、今の方が良いですよ。大越さんも、空きが出たらすぐ正職員に推薦《すいせん》すると言ってくれていますし。私ももう三十後半なので、身体に楽で安定した収入の方がありがたいんです」

川崎は自嘲した。

車は最も海に近い最終処分場に滑り込んだ。埋立地の右端には、ゴミを運んできたコンテナ車があり、ブルドーザーが降ろされたゴミを敷《し》き均《なら》している。結構な物音がしているはずだが、開けた場所にあるせいか、重機の騒音はさほど感じない。

十分程で車が停《と》まった。

「どちらでガス抜き管を確かめますか？」

「なるべく港湾に近い部分がいいのですが」

「では、ここから歩きましょう」

川崎が先に車を降りる。布川も車を降りた。

川崎はリアハッチを開け、膝まである長靴を出した。

「ぬかるんでいるところもありますので、履《は》いてください」

布川に渡す。布川は靴を脱ぎ、長靴に履き替えた。川崎も手際よく履き替える。

「写真を撮ってもかまいませんか?」

「どうぞ」

川崎が言う。

布川がスマートフォンを取り出した。ストラップが揺れる。

布川は全体の写真を撮りながら、あの夜に智恵理たちと来た場所を探した。

夜と昼では、同じ場所でもまったく印象が違う。布川はディスプレイを覗き、防護壁の階段にズームした。そこから向かって右手の方へズームアウトしていく。

何者かに襲われたとき、防護壁まで五分くらい走ったような気がする。が、闇の中で、しかも見知らぬ土地を走ったと考えれば、それほど離れた場所ではないだろうと踏んだ。

あのあたりかな……。

布川は、防護壁から三メートルほど内側へ入ったところの赤い小さな三角旗が付けられているガス抜き管の周辺に目星を付けた。

「珍しいストラップですね」

川崎が目をやった。

「ああ、これ。何の魚かわかります？」

「いえ」

「ゲンゴロウブナです。水質のいい淡水に住む魚なんですよ」

「へえ。それは見たことないですね」

「友人に特注で作ってもらったものです。よろしければ、また作ってもらいましょうか？今日のお礼もありますし」

「いえ。私は、スマホにあまりじゃらじゃらとストラップを付けるのは好きじゃないんで」

川崎が遠慮を覗かせる。

「どのあたりを視察しますか？」

「あの赤い旗が付けられたガス抜き管あたりまで見たいのですが」

「わかりました。足下、気をつけてくださいね」

川崎は言い、先に覆土の丘を下りていく。布川も続いた。

至るところに、地中に刺さった鉄管がある。ガス抜き管だ。側面には縦笛のような穴が空いていて、地中で発生するガスを放出するようになっている。

「このガス抜き管、メーターがついていないですね？」

布川が興味深そうに訊く。

「まだ、ここは埋立が続くので、今はガスを放出しているだけです。ほぼ埋め立てられた後、管に吸引パイプをつなぎ、表出するガスを集めます。メーターが付けられるのはその時ですね」

「この管の大きさは？」

「直径百ミリ。長さは二十メートルほどですね。地下には浸出水排出パイプとガス吸引パイプを敷設《ふせつ》しています」

「なるほど」

頷きながら、布川は地面に目を向けた。神馬や栗島が見たであろう平子の遺体の片鱗《へんりん》を探す。それらしいものがあると、覗き込んだり、屈んでゴミをどけてみたりしていた。

川崎は布川の様子を横目で見ていた。

目標の赤い三角旗が付けられたガス抜き管のところまで来た。潮の匂いが濃い。このあたりだと布川は感じ、周囲に視線をすべらせたが、平子の遺体らしきものはなかった。

「ガス抜き管はここまでですか？」

布川が防護壁の方を見やる。

「はい。だいたいですが、一つの埋立地に配置されるガス抜き管は二十本から三十本です。ここから先は防護壁までしか覆土しませんので、手前三メートルの位置に接地していれば充分ですから」

「そうですか。少し、このあたりを見させてもらってもいいですか？」

「どうぞ。メタンガスが発生していますので、長居はできませんが」

「五分ほどで終わります」

布川は言い、他のガス抜き管の近くを探し始めた。

川崎は、布川を見つめながら、スマートフォンを取り出した。ディスプレイに番号を表示し、通話ボタンをタップして、ゆっくりと耳に当てる。

電話口に男が出た。

「……もしもし、川崎です。先日、埋立地に湧《わ》いたネズミが一匹現われました。どうします？　はい……わかりました。捕獲して、後ほど届けます」

川崎はスマホを握り、布川の背を見据えた。

7

「ばあちゃん、ごめんね。急に押しかけて遅くまで」

「いいよ。めったに顔を見せなかったあんたが、今月は二回も帰ってきてくれたんだからね。ゆっくりしていくといい。じゃあ、私は寝るからね」

「うん。あとはやっとく」

智恵理は微笑み、頷いた。

祖母が台所を出る。智恵理は皿を洗って水切りかごに上げ、コーヒーを淹れて、居間に戻った。

栗島がいる。座卓にノートパソコンを出し、作業をしていた。智恵理は栗島にカップを差し出し、斜め隣に腰を下ろした。

「どうぞ」

「ありがとうございます」

栗島はカップを取り、コーヒーを含んだ。

「何してるの？」

「布川さんの携帯電波を追っています」

「どう？」

「捕まらないですね。電源が入っていないのかもしれません」

「そう……」

智恵理は両肘を座卓に付き、カップを両手で包んで息を吐いた。壁に掛かった時計を見やる。午後八時を回ったところだった。

智恵理と栗島は午後二時過ぎに土浦の祖母宅へ着いた。到着してすぐ、布川の所在を確認したが、布川は研究所にも自宅マンションにも戻っていなかった。その後、何度か智恵理が確かめに出向いたが、帰ってきた形跡はない。

携帯で連絡を取ろうとしたが、栗島が止めた。不測の事態が起こっていれば、布川のスマートフォンに連絡の痕跡を残すことになる。

智恵理は心配しながらも、研究所や布川の自宅マンションに足を運んでみることしかできなかった。

栗島は、到着時からずっと布川の携帯電波を追っていた。しかし、電波は拾えなかった。

「どこへ行ったのかしら……」

「ひょっとして、埋立地に行ったのかもしれませんね」

「確かめに行ったというの？」

「可能性はあります」

栗島が言う。

智恵理はコーヒーを飲んで、また息を吐いた。

唐突に玄関で呼び鈴が鳴った。智恵理と栗島が顔を見合わせる。

「誰ですか？」

栗島が訊く。智恵理は顔を横に振った。

かすかに緊張が走る。

敵に捕捉されているとは思えないが、布川の身に何かあったとすれば、自分たちの素性の一端が知られていてもおかしくはない。

栗島が立ち上がろうとする。

「大丈夫」

智恵理は栗島を止め、自分が立ち上がった。

部屋を出て、廊下を進む。祖母の部屋の障子が開いた。

「こんな時間に誰かしら？」

「ばあちゃんは寝てていいよ」

智恵理は笑顔を作り、祖母を寝室へ戻した。

足音を忍ばせ、玄関に近づく。そのまま土間に下り、ドアに歩み寄った。息を潜め、覗き穴から外を見やる。

「あら」

智恵理は目を丸くして、ドアを開けた。

「こんばんは」

女性は栗色の長い髪を指の背で撫でた。

真中凛子だった。ワインレッドのトートバッグを右肩に提《さ》げている。

「遅くにごめんね」

「ううん。とりあえず、入《はい》って」

智恵理は玄関の明かりを点《つ》け、凛子を招き入れた。

祖母が顔を出した。

「智恵理。誰だったの？」

「あ、私の職場の先輩」

「小林《こばやし》です」

凛子はとっさに別の名前を口にし、微笑んで頭を下げた。

「時間があれば来てもらうように言っていたの」

智恵理が言う。

「そう」

祖母が目を細める。

「ばあちゃんは寝てていいから」

「そうかい？　小林さん。申し訳ないけれど、私は先に休ませていただきますね」

「いえ。私の方こそ、お休みのところ申し訳ありません」

「いいんですよ。智恵理の職場の方とお会いできるのもうれしいですから。ゆっくりしていってくださいね」

「ありがとうございます」

凜子が言う。

祖母は丁寧《ていねい》にお辞儀《じぎ》をし、障子戸を閉めた。

智恵理は凜子を居間へ招いた。

「あ、リヴでしたか」

栗島が凜子を見やる。

「コーヒーでいい？」

「ありがとう」

凜子は言い、栗島の右斜め隣に腰を下ろし、バッグを置いた。

「どうしたんですか？」

栗島が訊いた。

「ツーフェイスの伝言を届けに来たの」

凜子は座卓に肘を掛け、さりげなく揃えた下腿《かたい》を横に流した。

台所から智恵理が戻ってきた。コーヒーを差し出す。凜子はカップを受け取り、コーヒーを含んだ。カップの縁に付いた口紅を親指でそっと拭《ぬぐ》う。

「ツーフェイスの伝言って、何？」

「聞こえてたの？　地獄耳ね」

凜子が笑みを投げる。

「私も一課のメンバーですから」

智恵理がおかしそうに返した。

凜子はもう一口コーヒーを飲んで、栗島と智恵理を見やった。

「まず、あなたたちが見つけたという遺体のこと。アントに調べてもらったけど、それらしき遺体は発見されなかったわ」

「やっぱり……」

智恵理がため息をつく。

「自分たちがあの現場を去った後、すぐに処理したんでしょうね」

栗島が言った。

「そのようね」

凜子が頷く。

「ただ、あなたたちが言ってた平子さんという方は行方不明のようね。第三会議の調査員に調べてもらった報告書があるわ」

凜子はバッグからＵＳＢメモリーを出した。栗島に渡す。

栗島はＵＳＢをノートパソコンのジャックに差し込んだ。データを開き、表示する。智恵理が脇から覗き込んだ。栗島はスクロールし、中身に目を通した。智恵理もデータを目で追う。

「このヒューミズム・リンクというのは？」

智恵理が真顔で訊く。

「主に国際間の人材派遣を担っている民間の派遣会社ね。平子さんは、水質浄化技術の海外普及のために集められたみたい」

凛子が言う。

栗島は黙々と、報告書に目を通していた。平子以外のメンバーは、一昨日、アフリカへ向け、船便で出立《しゅったつ》している。

「船便というのは珍しいですね」

栗島がぼそりと呟いた。

「そうね。乗船者名簿には平子さんの名前もあったけど、当日、平子さんは現われなかったと、主催者は回答しているわ」

「派遣会社と何かトラブルがあったということ？」

智恵理が言う。

「それはわからない。とりあえず、第三会議の調査員がそのまま調査を継続することになっているから、何か分かってくるとは思うけど」

「なぜ、第三会議が動くんですか？　単なる行方不明事案なら、所轄の生安《せいあん》でいいと思いますが」

　栗島が疑問を口にした。

「そのヒューミズム・リンクという会社なんだけど。ＩＣＰＯからの報告で、ＩＴＷＣとの関係が疑われている会社なのよ」

「例の国際ヒューマン・ロンダリングの話ですね」

　智恵理の言葉に、凜子が頷いた。

「つまり、この会社がＩＴＷＣの下部組織である可能性があるということですね？」

「そういうこと」

　凜子は栗島を優しく見つめた。

「そこで、ツーフェイスからの伝言。一課はこの件には関わらないと決定したので、以後の捜査は第三会議か他の課に任せること」

「ちょっと待って、リヴ。ＩＴＷＣやヒューミズム・リンクの件はともかく、こっちは同級生が一人、行方不明になっているの」

「同級生って？」

「平子さんと同じ、水質浄化技術研究所に勤めていた私の中高の同級生」

「布川という男性です」

栗島が言い足した。

「行方不明って、その人も一緒だったの？」

凜子が訊いた。栗島が答える。

「今朝方、自分のマンションから出て行ったんですけど、その後、こっちへ戻っているかと思ったら、戻っていなかったんですよ。今もまだ、帰宅した様子はありません」

「どこかに寄っているということは？」

「携帯電波を追っていますが、電源を切っているみたいで追跡できません。昼からこの時間まで切れたままというのは、少々不自然かと」

「なるほど」

凜子は胸下で腕を組んだ。

「平子さんの件はともかく。翔太……布川君ね。翔太はこっちで探さなきゃと思ってる。いいよね？」

智恵理は凜子を見つめた。

凜子はふっと目を細めた。

「ツーフェイスから他の伝言もあるの。ＩＴＷＣやヒューミズム・リンクの件に立ち入ることは厳禁だけど、そうはいっても聞かないでしょうから、平子さんの遺体と思われる件についての捜査は認める、ということよ」

「翔太を探してもいいということ？」

「平子さんの件に関わる話だからね。当然、いいんじゃない？」

凜子は悪戯《いたずら》っぽい眼差《まなざ》しで、コーヒーを含んだ。

「それに、もうサーバルは走っちゃってるんでしょう？」

「すみません……」

栗島が頭を下げる。

「ポンが謝ることじゃないわ。遺体を見つけて、そのまま放っておける子じゃないものね、サーバルは」

凜子が思い出すようにして笑った。

「今後の予定だけど。明日から、D1オフィスを平子さんの件の捜査本部にする。一度、サーバルも呼び戻して、今後の捜査方針を私も含めて、四人で話し合う」

「ファルコンとクラウンは？」

智恵理が訊いた。

「二人は断わってきたそうよ」

「ファルコンもですか？」

栗島が驚いて声が大きくなる。

「ツーフェイスの話ではね。どういう理由かは知らないけど」

「断わったのかあ……」

智恵理が困った表情で目を伏せる。

「チェリー。クラウンはともかく、ファルコンが断わるにはそれなりの理由があるのよ。決して、こっちの件を見捨てたわけではないと思う」

「そうですね」

智恵理は顔を上げて、笑顔を見せた。

「しかし、平子さんの件を調べれば、当然、ヒューミズム・リンクは関わってくると思うのですが、それはそれでかまわないのですか？」

栗島が確かめるように凜子をうかがう。

「いいんじゃない？　第三会議の調査を邪魔しない程度なら」

凜子はこともなげに答えた。

「わかりました」

智恵理は言い、正座をした。

「私の友人の件で面倒かけますけど、よろしくお願いします」

二人に頭を下げる。

「面倒だなんて思ってませんよ」

栗島が優しく応える。

「ポンの言うとおり。私たちは仲間なんだから。遠慮はなしよ、チェリー」

「ありがとう、リヴ、ポン」

智恵理は込み上げてくるものを抑えた。

第五章　粛清《しゆくせい》

1

周藤がNPO法人〈労働の平等を実現する会〉へ相談に出かけ、二週間が経《た》っていた。一度だけ、事務局長の沼山に呼ばれ、事務局に出向いた。

沼山の手元には、周藤の資料が揃《そろ》っていた。沼山が手にしているのは、周藤が扮する〝青木照良《てるよし》〟の身辺調査資料だ。沼山はその資料に基《もと》づいて、淡々《たんたん》と労働審判の手続きを行なうと伝え、その日は別れた。

それから一週間経つが、沼山からは連絡がない。

周藤はじりじりしつつ、工作用に借りた永福町《えいふくちょう》のワンルームマンションで次の連絡を待っていた。

ベッドに横たわり本を読んでいると、呼び鈴が鳴った。周藤は玄関口を一瞥《いちべつ》した。

静かに立ち、物音を立てず、ドアに近づく。息を潜《ひそ》め、覗《のぞ》き穴から外を見てみる。スーツを着た天然パーマの男がドア前に立っていた。

「どちら様でしょう?」

「ケーブルテレビの者です。通信速度の計測にまいりました」

男が言った。

周藤はドアを開けた。男が顔を上げる。伏木だった。伏木は周藤を見て、目で頷《うなず》いた。

周藤も頷く。

「お待ちしていました。どうぞ」

周藤はそう言い、伏木を中へ引き入れた。

靴《くつ》を脱《ぬ》ぎ、部屋へ上がる。ローベッドやテレビに目を向けた。冷蔵庫や家具など、きちんと中古のものを揃えている。生活感が漂《ただよ》っていた。

「さすが、アントだね。きっちり揃えてる」

伏木は部屋を見回し、ローベッドの縁《ふち》に座った。

「何もないぞ」

「いいよ。すぐ帰るから」

伏木は言い、カバンからUSBメモリーを出した。

周藤は受け取り、ノートパソコンに差した。さっそく中身を確かめる。001というナンバーのPDFファイルが一つだけあった。

「これは?」

「NPOからITWCの日本支部に入った尾寺という男のデータです」

「どこで仕入れた?」

「まあ、それなりに情報源はあるものですよ」

伏木は含み笑った。

周藤は双眉《そうび》を上げ、中身に目を通した。

ミナクルから阿波物流に派遣され、契約社員として働いていた尾寺浩二《こうじ》という男のデータだった。

尾寺は派遣切りに遭《あ》い、さらにはミナクルも消失してしまい、弱り果ててNPOに駆け込んだ。その後、周藤と同じく、労働審判の手続きを踏んだが、NPO職員の助言で会のボランティアとして働くようになり、その二週間後、再就職先として、人材派遣会社〈ヒューミズム・リンク〉を紹介されている。

「NPOの代表の田森は、ヒューミズム・リンクの役員だったたな」

「ええ。尾寺がそこに入ったのは、田森の引き抜きだと思います。田森には会えましたか?」

「いや。まだ、事務局長の沼山とボランティア職員だけだ」

「ヒューミズム・リンクに上がるには、その田森という代表がネックのようです。尾寺が引き抜かれる前、田森は複数の職員と懇意《こんい》にしていました。尾寺もその一人で、よく田森の行きつけの飲み屋に連れて行かれていたそうです」

「田森が尾寺を引き抜いた決め手は？」

「その報告書にも記していますが、どうやら、行きつけのクラブで起こったトラブルの処理がポイントとなったようですね」

伏木が言う。

周藤はファイルに目を通した。そのトラブルが記されている。

ある夜、尾寺と職員四人は、田森に誘われ、上野《うえの》のクラブ〈ナイトゲート〉に出かけた。VIPルームで飲んでいると、そこに暴漢が現われた。

尾寺以外の四人はただただ怯《おび》え、逃げ惑うだけだったが、尾寺だけが、田森の前に立ちふさがり、暴漢と闘ったという。その後、店員の通報で駆けつけた警察に暴漢は逮捕された。

暴漢は、ヒューミズム・リンクから仕事先を斡旋《あっせん》された技術者二人で、労働条件が聞いていたものと違い、苛酷な労働を強《し》いられたとして同社を提訴していた。しかし、敗訴となり、次の就職先も決まらず、斡旋の窓口をしていた田森に恨《うら》みを向けたということだった。

暴漢二名は、尾寺への暴行容疑と器物破損で起訴されたが、初犯で反省していて、二人が置かれた社会的事情も考慮され、執行猶予付きの判決を受けている。

周藤は、その後の記述に目を留めた。

ヒューミズム・リンクは、その暴漢二人と和解し、次の就職先を斡旋している。二人とも、次の職場では文句なく働いているようだった。

「出来レースか」

周藤が呟《つぶや》く。

「そのようですね」

伏木は頷いた。

「つまり、田森はここで、忠誠心を試したということか」

「そう見えますね。他の例がないので、何とも言えませんけど」

「ヒューミズム・リンクからＩＴＷＣ日本支部への道筋は？」

「調べてみたんですが、キーマンはわかりませんでした。ＩＴＷＣはヒューミズム・リンクの上部組織でしょうから、同社の代表・糸瀬伸孝と何らかの接点を持つことになるとは思うんですが」

「おまえでも調べが付かないということは、その点はブラックボックスにしているということか」

「でしょうね。ＩＣＰＯが苦労しているのもわかります」

伏木は双肩《そうけん》を上げた。

「そこは飛び込んでみるしかないということだな」

「そういうことになります」

「まずは、田森を守れ、か」

「ファルコンが尾寺と同じ扱いになれば、おそらく、暴漢が現われます。そこが一つの肝《きも》になりますね。そこから先は、なるように、ということです」

「わかった。ありがとう」

周藤はデータをノートパソコンに取り込み、ＵＳＢメモリーを伏木に返した。

「引き続き、ヒューミズム・リンクからの道筋は調べておきます」

「いや、もういい」

「なぜです？」

「ブラックボックス化しているということは、それ相応の警戒をしているということだ。敵の全体像が把握できない現状では、俺が単独で動く方が敵に悟《さと》られるリスクも少ない」

「僕の腕を疑っているんですか？」

「知った上で言っている。今はとりあえず、静観しておいてくれ」

「ファルコンがそう言うなら、仕方ないか……。ただ、いつでもバックアップはするので、言ってください」

「わかっている。ヒューミズム・リンクに入ってからの動きは、時折連絡を入れるから分析してくれ」

「了解。くれぐれも気をつけてくださいよ」

伏木が言う。

周藤は深く頷いた。

2

D1オフィスに神馬が戻ってきたのは、智恵理と凜子、栗島がオフィスへ戻ってきて一週間後のことだった。

「うーす」

「うーすじゃないわよ！」

智恵理は開口《かいこう》一番怒鳴《どな》った。席を立ち、入ってきた神馬に詰《つ》め寄る。

「何してたのよ！　緊急会合するとポンから連絡がいったでしょう。なぜ、戻ってこないのよ！」

「はいはい、すみませんでした」

神馬は小指で耳をほじり、智恵理を押しのけた。ソファーにどっかりと腰を下ろし、大きく息をつく。

「はいはいって、何よ！」

智恵理は神馬を追いかけ、まくしたてる。

「チェリー。そんなに言わなくても……」

栗島は腰を浮かせ、眉尻《まゆじり》を下げた。

「言わなくちゃわからないの！　命令は命令！　私たち、チームなんだから！」

「わかった。悪かった。これでいいか？」

「あんたねえ――」

智恵理が奥歯を嚙《か》む。

神馬は涼しい顔で、小指に付いた耳かすを吹き飛ばした。

智恵理が三度、怒鳴ろうとする。

「まあまあ、チェリー。もういいわよ」

凜子が割って入った。

「でも……」

「その代わり、特上のネタを持って帰ってきたんでしょ？」

「もちろんだ」

神馬が凛子を見やる。

凛子は微笑《ほほえ》み、頷いた。智恵理は憤懣《ふんまん》やるかたない様子で口をへの字に結び、自席へ戻った。

「で、ツーフェイスが何だって？」

神馬が訊《き》いた。

智恵理はそっぽを向いて答えない。凛子は呆《あき》れて笑い、神馬に目を向けた。

「平子さんの件に関してのみ、捜査していいということよ」

「なんだ、それ？」

神馬は片眉を上げた。

凛子は、平子の件がヒューミズム・リンクに関わっていること。ヒューミズム・リンクが、ＩＣＰＯが依頼してきたＩＴＷＣの案件に関係していることなどを話して聞かせた。

「ふうん。だったら、ＩＴＷＣの捜査までしてしまえばいいじゃん」

「あんたが嫌だと言い出したんじゃない」

智恵理が言う。

「今でも嫌だね。けど、関わってるならしょうがねえだろ。ついでに調べてもいいと言ってんだ」

「あんたね……」

智恵理が拳《こぶし》を握る。栗島は右手を小さく縦《たて》に振り、智恵理を抑《おさ》えた。

「それは一課として断わっているから、タッチできないの」

凜子が言った。

「融通利《き》かねえな、第三会議も」

「組織だからね」

凜子が笑顔で流す。

「それとですね。布川君が行方不明なんです」

「布川が？　なぜ、早く連絡しねえんだ」

「連絡したのに出なかったのは、あんたでしょ！」

智恵理が唇を震わせる。

「んなもん、留守電に入れといてくれりゃあいいじゃねえか」

「いい加減にしてくれませんか」

智恵理は神馬を見据えた。トーンが静かなものに変わり、言葉も丁寧《ていねい》になる。こめかみがひくりと疼《うず》く。智恵理が本気で怒ったときの姿態《したい》だった。

神馬は小さく息を吐いた。

「悪かったよ。そんなに怒るな」

「怒らせたのはあなたでしょう？」

「わかったって。悪かった」

神馬は栗島に目を向けた。栗島は眉尻を下げ、おろおろとしている。

凜子が智恵理に歩み寄り、そっと肩に手を置いた。智恵理は凜子を一瞥し、深く息を吸い込んだ。目を閉じてゆっくりと吐き出し、かすかに頷く。

「反省しなさいよ」

智恵理がいつもの口調に戻った。

栗島の目尻に安堵《あんど》が滲《にじ》む。神馬は片笑みを浮かべた。

「で、布川がどうしたって？」

智恵理に訊いた。

「マンションを出た後、消息がつかめないの」

「土浦に帰ってこなかったということか？」

神馬の言葉に智恵理が頷く。

「足取りは？」

神馬が栗島に目をやる。

「スマホの電波を追ってみたんですけど、電源が切られているようです。マンションを出た後の足跡も調べてみたんですが、居所はつかめませんでした」

「ただ、新木場《しんきば》あたりで目撃情報があったので調べてみたら、布川君が埋立処分場を訪れていたことがわかった」

凜子が説明を加える。

「わかったとは？」

神馬が凜子を促す。

「産業廃棄物対策課の大越さんという職員が布川君の知り合いで、その日の午後一時過ぎ、最終処分場のガス抜き管の設置状況を見たいと突然訪ねてきたそうよ」

「確かめに行ったのか、あのバカ」

神馬が歯噛みする。

「その時、同じ課の川崎さんという若手職員が処分場を案内したそうなの」

「その後は？」

「一時間ほどで視察を終え、処分場を後にしたそうよ。複数人の証言や防犯カメラの映像にも残っているから、処分場を出たのは間違いない」

「そこから先の足取りがわからないんですよ」

栗島が言う。

「その、大越と川崎ってヤツは調べてみたか？」

「二人とも環境局の職員だったわ」

智恵理が応えた。

「ふうん。ということは、出入りしていた業者が布川を見つけて黒辺環境に連絡を入れたか、職員がグルだったか、どっちかだな」

「どういうこと？」

智恵理が訊く。

「布川は黒辺環境の連中に拉致《らち》されてるよ、たぶん」

「なぜ？」

「おれたちを襲ってきた連中の一人から奪ったスマホの登録者を追って、黒辺環境の存在をつかんだと話しただろ？」

「あの小笠原組の元幹部と言っていた人が設立した産廃業者ですよね？」

栗島が確認する。神馬は頷いた。

「あれからさらに調べてみたんだが、社長の黒辺三樹夫は、上部の意向を受けて足を洗ったわけではなさそうだ」

「つまり、企業ヤクザではないということですか？」

栗島が驚く。

「そういうことだな。黒辺環境に宗岡会や小笠原組が絡んでいることはない」

「私も話を聞いて、組対四課のデータベースを調べてみたんだけど、確かに黒辺三樹夫は完全に足を洗って、黒辺環境も企業舎弟のリストには入っていなかったわ」

凜子が付け加える。

「でも、だったら銃はどこから手に入れたのかしら」

智恵理が呟く。

「中国からだろう。黒辺環境はリサイクル部門も完備していて、ペットボトルなんかの石油精製由来の廃棄物や鉱物資源が豊富に使われている廃棄電化製品を中国へ輸出している。その筋から銃を仕入れているなら、納得もできる。おれたちを狙った銃はレイブン25だ」

「どうして特定できたの？」

「黒辺環境の社員から実物を見せてもらった」

神馬がにやりとする。

レイブン25という銃は、二五口径の弾丸を使った小型のセミオートマチック銃だ。たいした装飾もなく、実用に特化したそっけない外観をしている。精度や品質はブランドメーカーの銃よりは劣るが、手の中で扱いやすく、また殺傷能力が高いことから、自衛や暗殺用途で使われることが多い。

「レイブン25はアメリカの中小メーカーが作っているが、殺人用途にはうってつけなんで、各国の裏組織に多く流れてる。かつてのトカレフや赤星《マカロフ》みたいに、名のあるメーカーが作っていない分、足が付く可能性も低い。それに、今の中国なら、設計図さえあれば簡単に密造できるだろう」

「どうして、足を洗って一般企業を経営する人たちが、そんな物騒な銃を持っているんですかね？」

栗島が首を傾《かし》げた。

「そりゃあ、必要だからだろ」

神馬は栗島を見た。

「確認はできなかったんだが、どうも、黒辺環境はもう一つの廃棄物を扱っている気配がある」

「何？」

智恵理が訊く。

「人間」

神馬は短く答えた。智恵理の眦《まなじり》が強《こわ》ばる。

「平子の遺体も処理を頼まれたものだな。むしろ、連中のメインはそっちの処理かもしれねえぞ」

「そんな人たちに布川君が捕まったというんですか」

栗島は眉間《みけん》に皺《しわ》を寄せた。

「心配するな。連中が布川を拉致したとしても、まだ殺しゃしねえよ」

「なぜ？」

凜子が訊く。

「布川を捕まえたんだとすれば、連中の目的はおれたちの素性をつかむことだ。連中にとっちゃ、痛くもない腹を探られるのが一番厄介《やっかい》だろうからな。布川がおれたちのことを吐いていなけりゃ、まだ生きてる」

「私たちのことをしゃべってしまっていたら……」

「もう死んでるだろうな」

神馬は言った。智恵理の表情が険《けわ》しくなった。

「時間がねえ。平子の件はともかく、布川を探す」

「アテは？」

凜子が確かめる。

「黒辺環境は、南房総《ぼうそう》に廃棄物を処理するプラントと一時保管する倉庫を持っている。監禁されているとすればそこだろうな。周囲に怪《あや》しまれることもねえし、遺体の処理も簡単だ」

「どうするつもりですか？」

栗島が訊く。

「乗り込む」

神馬が答える。智恵理が口を開いた。

「待って。もし、そこに翔太がいなかったらどうするの。私たちが翔太を探していることを知れば、かえって彼を危険に晒《さら》すことになる」

「そうなればこっちの思う壺《つぼ》じゃねえか。あわてふためく連中をとっ捕まえて、吐かせればいい」

神馬は智恵理を見据えた。

凜子は胸下で腕を組み、神馬を見やった。

「う一ん。それも悪くないけど、リスクは高いわね」

「他に方法があるか、リヴ？」

「要は、布川君が拉致されたとして、その拉致した、あるいは指示をした人間を見つければ、より確実な情報が取れるということよね」

「まあ、そうだけど……」

「布川君は、埋立地を出てすぐ拉致された可能性が高い。布川君の埋立地訪問は唐突だった。ということは、布川君が来たことを黒辺環境の誰かに連絡を入れた人物がいる。そして、その人物は、布川君があきらかに平子さんの遺体を確かめに来たとわかる者」

「たまたま布川君を見かけたところで、平子さんの遺体を探しているかどうかなんてわからないですよね。処分場の視察は時々あるだろうし」

栗島は腕組みをし、唸《うな》った。

「そうね。たまたま布川君を見かけたとしても、視察しているとしか思わないでしょう」

「となると、布川君が怪しい行動をしている様子を現認できる人ということになるよね……」

智恵理は呟いて、ハッと顔を上げた。

凜子が頷く。栗島も首を縦に振る。

「川崎か」

神馬は片頬を上げた。ソファーの肘掛けを叩いて、立ち上がる。

「とっ捕まえて、吐《は》かせるぞ」

神馬の言葉に、三人は頷いた。

3

午後六時、業務を終えた川崎は埋立処分場の作業車で新木場駅の前まで送ってもらった。

「お疲れさんです」

ドライバーに声をかけ、ワゴンのドアを開いて、同じく電車を使う同僚二人と車を降りた。同僚たちと車を見送る。

「川崎。一杯やっていくか？」

同僚の一人が言う。

「すみません。今日は家に帰らなきゃならないんですよ。彼女が来るもので」

「いいなあ。結婚しないのか？」

もう一人の同僚が訊いた。

「まだ、早いかなと思って」

「そんなこと言ってると、逃げられるぞ」

「いや、まあ、その時はその時で……」

「おまえも草食系だな。もっと、熱を持てよ」

「そうですね」

川崎は愛想笑《あいそわら》いを返した。

「じゃあ、お先に失礼します」

頭を下げ、二人に背中を向けて歩きだす。

途端《とたん》、川崎の顔から笑みが消えた。

「何が草食系だ。ぶち殺してやろうか？」

宙を睨《にら》み、独りごちる。

川崎は、黒辺に呼ばれていた。遺体を探しに来たと思われた布川が何も吐かないらしい。黒辺は怒り心頭だ。布川を監禁している有明《ありあけ》の倉庫街へ行かなければならない。

改札を潜《くぐ》り、東京臨海高速鉄道《とうきょうりんかいこうそくてつどう》りんかい線に乗り込む。国際展示場《こくさいてんじじょう》駅で降り、そこから歩く。十分ちょっとの行程だが、足は重い。

川崎が黒辺の手下になったのは、二年前のこと。近隣の飲み屋でチンピラまがいの客とトラブルになったとき、埋立処分場に出入りしていた黒辺に助けてもらったのがきっかけだ。

黒辺は細身でひょろっとした、産廃業者には珍しいほど無用な威圧を感じさせない男だった。

だが、その時だけは違っていた。川崎とチンピラの間に割って入り、仁王立《におうだ》ちして相手を恫喝《どうかつ》した。腹の底に響くような怒鳴り声と鋭い眼光で、黒辺は手を出すことなく、相手を制した。

相手は何もできないまま、尻尾を巻いて逃げた。チンピラがいなくなると、黒辺はまた、いつもの優しげな笑顔を見せた。

『こんな仕事をしていると、ああいうのも相手にしなきゃいけないことがあるんでね。あんなふうに怒鳴らなきゃいけないこともある。知っているとは思うが、突然、驚かせてすまなかった』

そう言って自重する黒辺の強さと気っ風《きぷ》の良さにも憧《あこが》れ、二度、三度と飲みに行くようになった。

三カ月ほど経った頃、黒辺が川崎に頼み事をしてきた。手続きが間に合わなかった廃棄物をこっそりと処分場に捨てさせてほしいという話だった。

本来は許されない。黒辺には世話になってはいるが、一度許せば、二度三度とそうした頼み事をされるおそれもある。何より、発覚すれば、自分の公務員としての立場も失《な》くしてしまう。川崎は躊躇《ちゅうちょ》し、返事を濁《にご》していた。

逡巡《しゅんじゅん》する川崎を見て、黒辺は本性を現わした。

その一週間後、黒辺の部下とともに行きつけのバーに誘われた。そこで、以前黒辺に恫喝されたチンピラふうの男と偶然会ってしまい、喧嘩《けんか》になった。

また、見事に相手の気勢を削《そ》ぎ、終わるものだと思っていた。が、その日の彼らの行動は違った。

黒辺の部下は他の客を追い出し、ドアを閉めた。マスターが表看板の明かりを落とす。瞬間、黒辺は酒瓶《さかびん》を握り、男の頭をかち割った。執拗《しつよう》に頭を殴り、男の顔はたちまち血だらけとなった。それでも黒辺はやめない。床に伏し、朦朧《もうろう》としている男を蹴《け》り続けた。その顔には狂気に満ちた笑みが滲んでいた。

部下は黒辺を止めようとしなかった。マスターもにやにやとして、黒辺の暴行を見ているだけ。陰惨な光景を前にして、川崎以外の誰もがその様子を楽しんでいるようだった。

黒辺が爪先《つまさき》を懐《ふところ》に蹴り込んだ。男は双眸《そうぼう》を剝《む》いて喀血《かっけつ》し、動かなくなった。

川崎は色を失った。全身に鳥肌が立つ。膝《ひざ》や唇の震えが止まらない。

返り血を浴びた黒辺が、両眼に狂気を滲ませたまま、川崎ににじり寄ってきた。肩に手を置き、顔を近づけ、耳元で呟いた。

『この廃棄物、どうしようか？』

心臓が止まりそうなほどの恐怖を覚えた。もはや、黒辺に逆らうことはできなかった。

川崎は、息絶えたチンピラを廃棄物の搬送トラックに乗せ、黒辺たちと共に手続きをスルーして、埋立処分場に遺体を廃棄した。

一度手を貸してしまうと、もう逃れる術《すべ》はない。川崎は、二度、三度と黒辺の申し出を受け入れているうちに、感覚が麻痺《まひ》し始めた。

黒辺は飴《あめ》の使い方もうまかった。川崎に恐怖を植え付け、何度か仕事に協力させた後は、ちょっとした小遣いをくれたり、高級クラブに連れて行ってくれたり。気に入ったホステスがいれば、抱かせてくれたりもした。

黒辺が元ヤクザだと川崎が知ったのはその二月後《ふたつき》だったが、そう知ったときにはもう、どっぷりと黒辺に取り込まれていた。

黒辺の舎弟と化していく中で、川崎の考え方も変わっていった。

危険な仕事の手伝いをさせられるのは苦痛だったが、一方で、仕事を手伝えばボーナスは入るし、黒辺の威光を借りることもできる。実際、チンピラふうの男とトラブルになりかけたとき、黒辺の名前を出すと相手がすごすごと引き下がることもあった。

川崎は、小中高とたいした反抗期もなく、喧嘩もしないまま、ごくごく普通の少年として過ごしてきた。学生の頃、同級生に因縁を付けられた時、腹は立つが殴り合いは怖くて、何もできないまま引き下がるという悔しい思いをしたことも何度となくある。

しかし、今は違う。そこいらの本物も手を出せないほどの力を持った。

それが自分の力でないことは承知していたが、次第にそうした自制も鈍化し、いつしか黒辺の力が自分の力と錯覚するようになっていた。

だが、先日の侵入者の件で、川崎は自分の慢心に気づかされることになった。

何者かに腹を探られた黒辺は激怒した。川崎を殴らなかったものの、黒辺の部下はしこたま殴られ、半殺しの目に遭った。その牙がいつ自分に向くかと思うと、怖くて眠れないほどだった。

黒辺は、侵入者たちは必ず戻ってくると踏んでいた。怪しい者が訪ねてきたら、すぐに連絡しろと命令されていた。

訪ねてきた何者かが侵入者であれば、黒辺の溜飲《りゅういん》を下げることになる。侵入者を見つけることが、川崎自身の延命の必須条件だった。

そこに布川がやってきた。

いくら大越の知り合いとはいえ、突然の訪問で最終処分場のガス抜き管をみたいというのはタイミングが良すぎる。何より、平子の遺体を処理した時、現場からなくなった平子のスマートフォンに付いていた珍しいストラップと同じ物を自分のスマホに飾っていた時点で、侵入者の一人と確信した。

川崎が他の仲間を呼び、布川を捕まえようとした時、彼が自分のスマートフォンをわざと壊したことも何か知られたくないことがある証拠とみていい。

間違っていないはずだ。そう思うが、布川は何も吐かないという。黒辺の暴虐ぶりは知っている。その暴行を受けても吐かないということは、本当に知らないのかもしれない……という疑念が浮かぶ。

もし、布川が本当に何も知らなければ、川崎の勇み足となる。そうなれば、今度こそ黒辺の怒りは自分に向く。

殺されるかもしれない……。

有明に急がなければならないが、川崎の足取りはどんどん重くなっていた。

人目を避けるように、大通りから脇道に入り、人気のない湾岸沿いの暗い道を歩く。水の広場公園に入り、フェリーふ頭入口へ向かって歩いていく。布川を監禁している場所は、有明埠頭橋《ふとうばし》を渡ったところにある倉庫街の一角だった。

暗がりでため息を吐《つ》き、うなだれつつ歩を進める。

と、自分の前にふっと人の気配を感じた。川崎はびくりとして立ち止まり、顔を上げた。公園の街灯の明かりが人影をうっすらと映し出した。坊主頭のずんぐりとした男が立っている。弱そうな男だった。

川崎はホッと息を吐き、歩きだそうとした。坊主頭の男が立ち塞《ふさ》がる。川崎は眉尻《まゆじり》を吊《つ》り上げた。

「なんだ、てめえ」

「あの……川崎さんですよね？」

坊主頭が言う。

川崎の両眼が引きつった。

「おまえ……黒辺さんの手下か？」

「いえ。布川君の居場所を教えてほしいと思いまして」

坊主頭が言う。

川崎は目を見開いた。

「そうか。やっぱり、てめえらがこないだの侵入者か」

口元に笑みが滲む。

「やっぱり、間違ってなかったんだな。てめえを連れていけば、俺が間違っていなかったことの証明になる。一緒に来てもらうぞ」

「それはやぶさかではないんですが。それじゃあ、布川君が危ないでしょうから、場所を教えてくれませんか？」

坊主頭が言う。眉尻を下げ、おどおどとした雰囲気を見せるのに、ちょっと高圧的な命令口調が気に入らない。

川崎は双眸を剝いて、詰め寄った。坊主頭の胸ぐらをつかむ。

「おら！　俺を誰だと思ってんだ！　元小笠原組の黒辺三樹夫の舎弟だぞ！」

思いきり、坊主頭を睨みつける。

坊主頭はますます眉尻を下げ、仰《の》け反《ぞ》った。

「つまり、黒辺の仲間ということですね？」

「そうだ、舎弟だ！　黒辺さんを呼び捨てにするんじゃねえ！」

腹に力を込めて吠《ほ》える。

相手は震え上がり、従うもの……と思った。

が、坊主頭は眉尻を下げたまま、笑顔を覗かせた。

「ということみたいですよ」

坊主頭が川崎の肩越しに後ろを見やる。

ふっと背後に気配を感じた。振り向こうとした。瞬間、脇腹に強烈な衝撃が走った。身体の芯まで貫かれるほどの衝撃だ。川崎はたまらず身を捩《よじ》り、坊主頭から手を離した。脇腹を押さえ、よろける。

黒いライダースを着た細身の若者がいる。坊主頭の男はその若者に駆け寄った。若者が川崎を見据える。

川崎はぞくりと震えた。黒辺と違わないほどの本物の殺気が腹の奥に染みる。

「布川の居所、吐いてもらおうか？」

「な……何のことだ？」

そらとぼける。

若者は失笑した。

「おいおい。黒辺の舎弟だと息巻いていたくせに、何も知らねーはねえだろ。時間がねえんだ。手間取らせるな」

にじり寄る。

川崎は後退した。

「てめえら、俺が黒辺さんの舎弟とわかってて手を出したら、どういうことになるか、わかってんだろうな？」

精一杯、虚勢を張る。

若者は笑い出した。川崎は面くらい、唖然《あぜん》とした。

「黒辺三樹夫だろ？　おまえ、あいつがなんで組辞《や》めたか、知ってんのか？」

「……そんなの知るか！」

「あいつはよお。弱えヤツにはとことん強えが、強えヤツを前にしたらションベンチビって泣きながら謝るようなヤツなんだよ。ヤツが小笠原組の威を借りて暴れ回ってたときに、敵対する組の者をやっちまってな。その報復を受けたとき、不様《ぶざま》に泣いて謝ったんだと。それを動画に撮っていたヤツがいて、それを組に届けられて、組長激怒だ。その落とし前を付けるのにビビって、組を辞めたんだと」

「そんなはずない！　黒辺さんは強えんだ！」

「わかんねえヤツだなあ……」

若者が地を蹴った。

川崎は逃げようとした。が、振り向く間もなく迫られ、胸ぐらをつかまれた。

「おれは、黒辺程度のクソなら千回斬《き》り刻《ざ》める。これ以上、ヤクザ気取るなら、てめえも千回斬り刻むぞ」

低い声で言う。

川崎の全身が一瞬固まった。まもなく、全身が震えだす。

「布川はどこだ」

若者が鼻先を突きつけた。

川崎は膝をガクガクと震わせ、失禁した。

4

「なあ、そろそろ話してくんねえかな」

ひょろっとした細身の男が布川を見下ろした。

布川は倉庫地下のコンクリート部屋に監禁されていた。柱に上半身を括《くく》りつけられ、座らされている。顔は瞼《まぶた》が塞がるほど腫《は》れ上がり、無数の痣《あざ》で紫色に変色している。

「だから……俺はガス抜き管の視察に行っただけだ……」

布川はうなだれたまま、声を絞り出す。

「その返事は聞き飽きたんだがな」

細身の男が右脚の爪先を布川の懐に蹴り込んだ。

布川は眼を剝いた。紅《あか》く染まった胃液が口から噴き出す。吐瀉物《としやぶつ》が床で跳ね、四散する。

「早く吐いちまえって。死んじまうぞ?」

男が二度、三度と脚を振る。そのたびに布川の口から嗚咽《おえつ》が漏《も》れ、血反吐《ちへど》が噴き出す。

布川は体を折ることもできず、血を吐き出し続けた。

男の片頰にうっすらと笑みが浮かぶ。

それを見て、背後にいた金髪の男が駆け寄った。

「黒辺さん、ダメです！」

黒辺の細身の胴に腕を巻く。

黒辺は右肘を振った。金髪男のこめかみを肘が打つ。それでも金髪男は細身の体から離れなかった。

「何やってんだ！　てめえら、止めろ！」

背後にいた仲間に金髪男が声をかける。突っ立っていた三人の男が急いで黒辺に駆け寄り、胴や腕を取って、布川の前からどうにか引き離した。

黒辺は怒鳴りながら脚を振り回していたが、ようやく動きを止めた。男たちの腕を振り払い、肩で息を継いでワイシャツの襟元《えりもと》を整《ととの》える。

その上で、金髪男を睨み据えると、思いっきり右拳を振った。拳が金髪男の頬にめり込む。金髪男はよろけたが、脚を踏ん張った。口辺《こうへん》に血が滲む。

「てめえらがさっさと吐かせねえから、俺が出張《でば》ることになるんだろうが！　今日中に吐かせろ」

細身の男は金髪男たちを睥睨《へいげい》し、地下室から出ていこうとする。

「黒辺さん。川崎がここへ来る予定ですけど、どうします？」

「ここで待たせとけ。日が変わるころには、ここに戻ってくる。それまでに吐かせられなかったら、こいつや川崎とまとめて、てめえらも沈めるからな」

黒辺は再度男たちを睨みつけ、背を向けた。

残った男たちは頭を下げた。ドアの閉まる重い音が響く。細身の狂気の気配が消え、ようやく顔を上げた。全員が顔を見合わせ、息を吐く。

「吉永《よしなが》さん、どうしますか?」

短髪の男が金髪男に訊《たず》ねた。

「どうもこうも、吐かせるしかねえだろう」

吉永が答える。

吉永は黒辺環境の社員だ。が、元々は小笠原組時代、黒辺の舎弟だった。黒辺が組を抜ける際、自分も組を辞め、黒部に付いてきた。他の三人は、吉永が構成員だった時代に面倒をみていた若い連中だ。同じく黒辺環境で働き、裏の仕事を担当している。

吉永は、布川に歩み寄った。脇で屈《かが》み、布川の顔を覗き込む。

「なあ、てめえ。本当に何も知らねえのか?」

髪の毛をつかんで、膨らんだ目を見据える。

布川は返事をすることもままならず、かすかに頷くだけだった。そしてまもなく、意識を失った。吉永はため息を吐いて、髪の毛を離した。布川はうなだれた。脱力した身体に縄がめり込む。

「おい。このロープ外《はず》して、手足だけ縛《しば》っとけ」

短髪男に言う。

「死んだんですか?」

「気を失っただけだが、これ以上暴行を加えりゃあ、もう保《も》たねえだろうな」

吉永は立ち上がった。

二人の男が布川を縛り付けたロープを外した。布川の上半身が力なく傾き、フロアに横倒しになる。ぴくりとも動かない。男たちは布川の両手首を後ろで縛り、両足首も拘束した。布川は踏み潰された青虫のように、床に横たえた。

短髪男が吉永の脇に歩み寄った。

「水、ぶっかけますか?」

「ちょっと休ませてやれ。今はしゃべりたくてもしゃべれねえ。つか、本当にこいつ、何も知らないのかもしんねえな」

「なぜです?」

短髪男が訊く。

「おまえ、これだけ黒辺さんから暴行食らって、口を割らない自信があるか?」

短髪男を見据える。男は眉尻を下げ、顔を横に振った。

「俺もそうだ。黒辺さん、さっきもうっすら笑ったろう。ああいう顔をしたときの黒辺さんは、嬲《なぶ》り殺すのを楽しんでいるときだ。そんな狂気を見せられて黙っていられるヤツなんて、本物のヤクザにもそういねえ。そんな暴行を受けていながら口を割らないということは、本当に知らないと考えた方がいいような気がしねえか？」

「そうですね……。でも、こいつが何も知らないとなると、俺らもヤバいんじゃねえですか？　よくは知らないですけど、俺らの上って、えらい組織だって噂《うわさ》ですし」

「そこは黒辺さんがなんとかしてくれる。気にすることはない。それより、黒辺さんから半殺しにされる心配をした方がいい」

吉永は眉根を寄せた。短髪男も青ざめる。他の二人も色を失っていた。

「どうします、吉永さん」

短髪男が吉永を見やる。

「そもそも、こいつが怪しいと連絡してきたのは川崎だ。すべての責任をヤツに投げちまえば、俺たちは助かる」

「じゃあ、川崎が来たら……」

「とりあえず、口が聞けねえようにはしておくか」

吉永が言う。短髪男たちは笑みを浮かべた。

分厚いドアがノックされた。鉄扉の重い音が室内に響く。吉永は短髪男を見た。男は頷き、ドアに駆け寄った。

「誰だ？」

男が訊く。

「川崎です」

ドアの向こうから返事が聞こえた。

短髪男は振り返って首肯《しゅこう》し、ドアノブを回した。ゆっくりと開き、隙間《すきま》から表を見る。

川崎の姿が目に映った。

「一人だな？」

短髪男の言葉に、川崎は何度も頷いた。

男は川崎の背後に目を向けた。他の誰かがいる様子もない。

「入れ」

ドアを引き開けた。

瞬間、川崎が部屋の中に飛び込んできた。短髪男は前のめりに突っ込んできた川崎を受け止めた。川崎を抱いたまままもつれ、後退する。

「何やってんだ、川崎！」

「早く、ドアを閉めろ！」

川崎が怒鳴る。

短髪男は、怪訝《けげん》そうに片眉を上げた。

「おまえ、何を言って——」

立ち止まって顔を上げる。

ドア口から人影が入ってきた。

「なんだ、てめえ!」

短髪男が川崎を人影に向け、突き飛ばす。

一番前にいた人影はふらっと揺れ、川崎を避《よ》けた。次の瞬間、人影は短髪男の鼻先にいた。人影は短髪男の胸ぐらをつかみ、右膝を振り上げた。

「ふぐうっ!」

短髪男は息を詰め、双眸を剝いた。内臓が喉元《のどもと》まで込み上げる。

人影は左膝も振り上げた。膝頭《ひざがしら》が腹部にめり込む。短髪男は息を詰めた。目を見開いたまま、人影に寄りかかる。人影は、短髪男を横に投げた。男はそのままバタリとフロアに伏せた。

「黒辺の部下にしちゃあ、弱えな。まあ、あいつ自体強くねえから、こんなものか」

短髪でライダースを着た若い男は、倒れた男を見下ろし、片笑みを浮かべた。

神馬だった。

「誰だ!」

吉永が神馬を睨んだ。

しかし、神馬は吉永の視線など気にせず、室内を見回した。フロアに伏せている布川を認める。

「おー、いたいた。布川がいたぞ！」

首を傾け、背後に声を投げる。

ドア口から智恵理と凜子、栗島が入ってきた。栗島は、川崎の腕をねじ上げ、腰をつかんで拘束していた。

「吉永さん！　こいつら、布川の仲間です！」

「どういうことだ！」

「あの夜、布川と共に処分場に侵入した連中ですよ！」

「私は違うわよ。ちょっと黙ってて」

凜子は右脚を振り上げた。膝が伸び、ヒールの先が川崎の鳩尾《みぞおち》にめり込む。

川崎は短い呻きを発し、眼を剝いて膝を崩した。栗島の手に重みがかかる。栗島は頽《くずお》れる川崎の胴に腕を巻いた。

「リヴさん。いきなりはかわいそうですよ」

栗島はゆっくりと川崎を座らせた。

意識を失った川崎は、そのままフロアに転がった。

「あんなふうにされるよりはいいでしょう？」

布川に目を向ける。凜子の目に笑みはない。

「それはそうですね」

栗島も布川を見つめる。

「ポン。川崎とそこに倒れたの、縛っといてくれ」

神馬が言った。

「了解です」

栗島は腰に提《さ》げたポシェットからプラスチック手錠を取り出し、川崎と短髪男の両手足首を拘束した。

「何やってんだ、てめえ！」

少しでっぷりとした若い男が肩を怒らせ、前に出てきた。

神馬は男の左肩に手を置いた。

「おっと、おまえの相手はこっちだ」

言うなり、腰を回転させ、右フックを叩《たた》き込んだ。男の左頰がひしゃげ、真横に弾《はじ》かれる。よろけた男がふらふらと智恵理の前に躍り出た。

智恵理は男を見て、にっこりと微笑んだ。同時に右脚を振り上げる。足の甲が股間にめり込んだ。

男は息を詰めて股間を押さえ、両膝を落とした。智恵理は右脚をそのまま振り上げた。

男の頭頂に踵《かかと》を落とす。

鈍い音がした。男は顔面からアスファルトに叩きつけられた。鼻が歪《ゆが》み、折れた歯が床に転がる。口の周りは血まみれになった。

栗島がプラスチック手錠を放ってよこした。受け取った智恵理は、男の腕を後ろにねじ上げ、両手首を拘束した。

「サーバル。倒すなら、一撃で倒しなさいよ」

「おまえが退屈だろうと思って、回してやったんじゃねえか」

「どうだか」

智恵理が鼻で笑う。

「あ？」

神馬は片眉を上げ、振り向いた。

「気に入らねえな、チェリー。文句あんのか？」

「文句なら腐るほどあるわよ。だいたい、リヴが話を整理しなかったら、今頃は千葉で大暴れして無駄足踏んでたわけじゃない」

「いいじゃねえか。リヴの言うことを聞いて、こうして布川も見つけたんだから」

「よくない！　そういう短絡的な頭をもうちょっとなんとかしなさいよ！」

「おまえよりマシだ。すぐカッとなる。ひょっとして乙女の日か？」

神馬がニヤリとする。

「あんたねー！」

智恵理は神馬を睨みつけた。

と、もう一人の敵が神馬に歩み寄ってきた。

「てめえら！　じゃれ合ってんじゃねえよ！」

神馬の肩をつかむ。

引き倒そうとする。が、びくともしない。男の顔が強ばった。

「見てろよ、チェリー。お望み通り、一発で倒してやる」

神馬が言う。智恵理は腕組みをし、目を細めた。

「ナメんじゃねえぞ、クソガキ」

男が太い腕を神馬の喉元に巻こうとした。

神馬は膝を屈め、沈んだ。男の腕が空を切る。神馬は反転して地を蹴り、伸び上がった。真下から強烈なアッパーを突き上げる。

拳が男の顎《あご》下にめり込んだ。顎がひしゃげて関節が外れ、顔が半分くらい上下に縮んだ。男の身体がぶわっと浮き上がり、宙を舞う。口からしぶいた鮮血が弧《こ》を描く。男は背中からコンクリートの床に叩きつけられた。

男は息を詰めた。バウンドして後頭部をしたたかに打ちつける。男はそのまま気を失い、首を横たえた。

「ほら、一発だ」

「最初からそうしていればいいのよ」

智恵理は神馬を一瞥し、布川に駆け寄る。脇に屈んで様子を見る。鼻先に指を当てたり、手首を握って脈動を計る。

「ちょっと弱くなってる……」

智恵理はポケットからスマートフォンを出した。加地に連絡を入れる。

「もしもし、D1のチェリーです。至急、処理班を差し向けてください。場所は——」

平然と話を進める。

「何なんだ、てめえら……」

吉永は、智恵理や神馬を睨んだ。

「好き勝手な真似《まね》しやがって。何なんだ、こら！」

怒鳴り声が響く。が、誰一人、ぴくりともしない。

吉永は奥歯を噛んだ。その目が最も近くにいる智恵理に向いた。智恵理は吉永に背を向けたまま、電話をしている。

「おちょくってんじゃねえぞ、てめえら！」

吉永が右脚を振り出す。

神馬が地を蹴った。吉永の回し蹴りが智恵理の頭部を狙う。足の甲が智恵理に迫ったときだった。神馬は右前蹴りを出した。靴底が吉永の脛《すね》を受け止める。吉永の脚がピタリと停《と》まった。

「ベンジャーに連絡付いたか?」

神馬は足を伸ばしたまま、智恵理を見やる。

智恵理は通話を切った。

「五分で来るって」

神馬を見上げる。神馬は頷いた。

「ポン！　布川の手当てをしてやれ！」

「はい！」

栗島が駆け寄ってくる。

「入口、見張っとくわね」

凜子は微笑んで踵《きびす》を返し、ドア口に歩いていった。

栗島は布川の脇を抱えた。智恵理が脚を持ち、多少引きずりながら、神馬と吉永の近くから布川を離し、寝かせた。栗島はポシェットからガーゼや包帯を出し、応急処置を始めた。

「だから、何なんだよ、その余裕は！」

吉永は苛立《いらだ》ちを爆発させた。右脚を引っ込め、懐から匕首《あいくち》を取り出す。鞘《さや》から短刀を抜き出し、鞘を投げ捨てる。木片の転がる音が室内に響く。吉永は匕首を握り締め、血走った双眸で神馬を睨み据えた。

神馬は自然体に構え、吉永を見据えた。

「黒辺はどこだ？」

「黒辺さんだろうが！」

「はあ？」

神馬はきょとんとした後、大声で笑った。

「てめえ……たいがいにしろよ！」

吉永が怒鳴る。だが、なかなか踏み込めず、じりじりと爪先を動かすだけだった。

「小笠原から尻尾巻いて逃げた野郎に〝さん〟付けもねえだろう」

組の名前を出すと、吉永の眦がかすかに引きつった。

「てめえら……組の人間か？」

「さあ。匕首の握り方を見る限りでは、おまえ、極道やってたんだろう？　だったら、この名前知らねえかな」

神馬は視線をうつむけた。

「人斬りの黒波《くろなみ》」

やおら、顔を起こす。神馬の双眸に殺気が宿った。

吉永は息を呑《の》んだ。動揺し、黒目が泳ぐ。

「て……てめえ。吹いてんじゃねえぞ！」

怒鳴るが、言葉尻が震える。

「黒波なら、黒刀を持っているはずだ」

「おまえらごときに〈漆一文字《うるしいちもんじ》〉は使わねえんだよ。ポン！」

「はい」

「ハサミ貸せ」

吉永を見据えたまま、右手を背後に伸ばす。栗島が駆け寄ってきて、神馬の手にハサミの持ち手を置いた。神馬がゆっくりと握り締める。

「おまえはこれで充分だ」

片頬に笑みを浮かべ、右手に持ったハサミの尖端をスッと相手に向けた。

切《き》っ先《さき》は吉永の喉仏を狙っていた。わずか二十センチ足らずのハサミが、まるで長刀《ちょうとう》のように大きく感じる。吉永のこめかみに脂汗がにじんだ。

「どうした？」

神馬は煽《あお》った。

「くそったれが！」

吉永が腰を落とした。柄《つか》を左手に持ち替え、柄頭に右手のひらを添える。さらに深く腰を沈めた吉永は、低い態勢で突っ込んできた。

刃を突き出す。匕首の切っ先が、神馬の懐に迫る。

神馬は左脚を斜め後ろに引き、半身になった。刀身の左外側にハサミの刃面を当てる。刃はハサミの刃面に乗って滑り、神馬の眼下を通り過ぎた。吉永の体勢が突っ込み、上半身が前のめる。

神馬は右腕を顔の前で回し上げた。

「残念」

ハサミの刃面を後頸部に叩き落とす。

「ぐっ！」

吉永の動きが止まった。

神馬は首と接した刃面に体重を乗せた。前のめった吉永の身体が、プールで飛び込んだときのような恰好《かっこう》で床に沈んでいく。神馬は吉永の身体が沈むのに合わせ、そのまま正座をした。

吉永は受け身を取れず、顔からコンクリートに突っ込んだ。鼻梁《びりょう》は擦《す》り剝《む》けて歪み、前歯が折れ、血が飛散した。

神馬はハサミの刃面で首筋を押さえたまま、左膝で伸びた吉永の左腕の肘を上から押さえた。吉永が起き上がろうとする。が、うつぶせになったまま、足をジタバタさせるだけだった。

「ポン。そいつ、取ってくれ」

目で、吉永が握っている匕首を差す。

栗島は吉永の手首を内側に折り曲げ、するりと匕首を奪い取った。

「いつものことながら、すごいですね」

感嘆の息をこぼす。

「こいつが弱えだけだ。ついでに、プラスチック手錠《カフ》で縛ってくれ」

神馬は左手で匕首を受け取った。

横を向いた吉永の顔の前に切っ先を差し出す。抗《あらが》っていた吉永の動きが止まる。栗島は先に両足首をプラスチック手錠で縛り、その後、吉永の腕を後ろにねじ上げ、両手首を拘束した。

「サンキュー」

ハサミを放る。栗島はハサミを受け取り、布川の元に戻った。

神馬は吉永の脇腹に足の甲を差し込み、うつぶせていた吉永の体を仰向けに返した。すぐさま、腹部を踏みつける。

「ううっ！」

吉永が顔をしかめた。

「痛えだろ。手首が身体に敷かれてるんだもんな」

神馬は片笑みを滲ませ、踏みつけた腹を揺らした。そのたびに、拘束された手首をコンクリートで捏《こ》ねられる。

吉永は呻き、双眸を歪めた。

神馬は吉永の腹に右膝を乗せ、喉元に切っ先を突きつけた。刃先を少しだけ皮に食い込ませる。ぷつっと切れた皮膚から、じわりと血玉が浮き上がった。

「黒辺はどこだ？」

「……出かけてる」

「どこへ行った？」

「知らない……」

「いつ戻ってくる？」

「夜中の十二時過ぎだ」

「あと五時間もありますね」

栗島が言った。

「ここにいるのは、おまえらだけか？」

「そうだ……」

「マジか？」

切っ先をもう少し刺し入れる。

吉永が蒼白《そうはく》になった。

「マジ！　本当だ！」

目尻を下げて涙を浮かべ、必死に訴える。

神馬は冷ややかな目で吉永を見据え、立ち上がった。

「いねえのは本当のようだな。後でまた、いろいろ訊きてえことがあるから、ちょっと寝てろ。ご苦労さん」

言うなり、鳩尾に踵を叩き込む。

吉永は眼を剝いて息を詰め、そのまま失神した。

「終わった？」

ドア口から凜子が訊いてくる。

「ああ。他に敵はいなさそうだ」

「そう。だったら、アントが来る前に私たちは撤収した方がいいわね」

「そうね。みんな、先に撤収してて。あとはやっとく。翔太はアントで保護してもらうから。オフィスで合流しましょう」

智恵理が言う。

三人は頷き、地下倉庫から駆け出ていった。

「翔太、ごめんね……」

智恵理は布川の腕を握り、唇を噛んだ。

5

狐塚は、新富士にあるＩＴＷＣ本部に呼びつけられていた。

最上階にある評議会議長室で脇阪と向き合っている。ソファーに座る狐塚は青ざめた顔でうなだれていた。

「狐塚。処分場でトラブルがあったようだな。なぜ、報告しなかった？」

脇阪は狐塚を静かに見据えた。

「すみません。こちらで処理した後、報告するつもりでした」

目を伏せたまま、小声で言う。

「困るな。新本部に移転し、私が新議長になったばかりのこの時期のトラブルは、すぐに報告してもらわなければ。蟻《あり》の一穴《いっけつ》が予想外の事態を生む。だから私は、小さな芽を摘《つ》んできた。君は私のそばで、そのやり方を見てきたはずだが？」

脇阪は淡々と話す。

狐塚は返答できず、肩をすぼめて小さくなった。

「それで、処分場に忍び込んだ者の素性はわかったのか?」

「まだですが、まもなくわかるかと」

「狐塚……。個人の延命のために、不確定な希望的観測を口にするのはよくないな」

脇阪はスマートフォンを出した。通話ボタンをタップし、耳に当てる。

「……私だ。連れてこい」

命令し、通話を切る。

すぐさま、ドアが開く。狐塚は振り向いた。途端《とたん》、蒼白になる。

スーツに身を包んだ屈強な長身の男が、黒辺を連れていた。脇阪の腹心・福山徹郎《ふくやまてつろう》だ。側近として働く傍ら、脇阪のボディーガードも務めている。元格闘技選手で、腕は確かだった。

黒辺の顔は腫れ上がり、原型を留《とど》めていなかった。ワイシャツはおびただしい血で紅く染まっている。歩く力もなく、福山に運ばれるまま爪先をずるずると引きずり、入ってきた。

福山は、黒辺を狐塚のソファーの脇に放った。黒辺はそのまま床に倒れた。口から吐瀉した血糊《ちのり》がカーペットを染める。虫の息だった。

「せっかく捕まえた侵入者と思われる者をみすみす逃した。監禁場所に踏み込まれてな。

しかも、こいつの仲間もいない。おそらく、敵に拉致されたのだろう。敵が当局関係者だったらどうする。連中がここへ踏み込むきっかけを作りかねない。処分場での発砲といい、少々思慮が浅すぎる」

脇阪が右人差し指を上げる。

福山は黒辺を蹴り上げた。黒辺の懐に足の甲がめり込んだ。

黒辺は呻《うめ》き、眼を剝いた。身体が浮き上がり、床を滑《すべ》る。唸《うな》る口元から血反吐が溢《あふ》れた。

「しかしそれも、元々は君が知材の処理を誤ったからだ。君の責任は重いよ」

狐塚を見据える。

狐塚は太腿に乗せた手を握った。手のひらは汗ばみ、震える。震えが次第に大きくなる。狐塚はたまらず、ソファーから下りて正座をした。

「すみません！　必ず、侵入者を見つけ出し、然《しか》るべき処分をしますので！」

「どうするつもりだ？」

「平子を探していたのが、彼の元部下だった布川翔太という若者だったことはわかっています。布川を見つけ出して、口を割らせます」

「どうやって見つけ出すんだ？」

「布川の親、親戚、友人を捕まえて、何らかの方法でヤツの耳に入るようにすれば、布川の方から出てきます。そこを拉致して、逃げられないよう拘束して――」

「やれやれ……」

脇阪は深くため息を吐き、人差し指を上げた。

福山が再び黒辺に暴行を加えた。黒辺は何度も何度も呻きと血反吐を口から吐き出す。

もはや、抵抗する気力もなく、蹴られるまま身体を揺らしていた。

肉を打つ音が狐塚の耳管を揺るがす。狐塚は額《ひたい》を床に擦りつけて丸まり、ぶるぶると震えた。

脇阪が指を振る。福山の暴行が止まった。

しんとなる。さっきまで聞こえていた黒辺の呻きが聞こえない。頭を下げたまま、横目で黒辺の様子を見やる。宙を睨んだまま、ぴくりとも動かない。

福山が屈み、首筋を触ったり、鼻先に指を当てたりした。立ち上がり、脇阪を見やる。

「死んでしまいました」

素《そ》っ気《け》ない口調で言う。

「キャリーボックスで地下へ運んでおけ」

「わかりました」

福山はスマホを取り出し、仲間に指示を始めた。

狐塚の全身から冷や汗が噴き出した。

脇阪が酷薄な人物だということはよく知っている。自分も脇阪の命ずる〝処理〟に加担していたからだ。外国人勢にも怯《ひる》むことのない脇阪は、庇護《ひご》下にいる際はこれほど頼もしい存在はないが、敵に回すとこれほど恐ろしい存在もない。

今、脇阪は自分を切ろうとしている。すなわち、傘の下から出されるということだ。

それは即、〝死〟を意味する。

狐塚は正座をし直した。

「脇阪さん！　いえ、脇阪様！」

床に額を打ちつけ、擦りつける。

「必ず！　必ず、侵入者は捜し出します！　ですから、何卒《なにとぞ》、もう一度だけチャンスを下さい！」

ごりごり、ごりごりと床に額を擦りつける。

「顔を上げなさい」

「いえ。チャンスをいただくまで、私は――」

涙声を絞り出し、頭を下げ続ける。

中座した福山が戻ってきた。狐塚は足音を感じ、さらに額を擦りつけた。皮が削《けず》れ、血が滲み、アプリコット色のカーペットを茶黒く染める。福山が狐塚の真後ろで止まった。

震えが止まらない。

「いいから、もうやめて。顔を上げなさい」

脇阪は、やわらかい口調で言った。

狐塚は恐る恐る顔を上げた。

脇阪は微笑んでいた。目尻に皺を寄せ、深い優しさを滲ませる。

「脇阪さん……」

狐塚が脇阪を見つめる。脇阪は微笑んだまま、頷いた。狐塚の目から大粒の涙がぼろりとこぼれた。上体を起こし、笑みを浮かべる。

「狐塚」

「はい……」

手の甲で涙を拭《ふ》き、脇阪を見つめ返す。

脇阪は笑顔のまま言った。

「おまえの汚い血でカーペットを汚すんじゃない」

スッと笑みが消える。冷淡な目で狐塚を見据え、人差し指を上げた。

狐塚の後頭部に硬い物が押しつけられた。

「えっ」

狐塚の双眸が強ばった。

太い銃声が轟《とどろ》いた。

弾丸が頭骨を砕き、脳みそを掻《か》き回す。前頭部が花火のように弾けた。脳漿《のうしょう》が鮮血と共に噴き出す。

狐塚の上体が揺らいだ。目を見開いたまま、ゆっくりとうつぶせに倒れていく。床に伏せると、砕けた頭骨の間から、どろりと脳髄《のうずい》が溢れた。狐塚の爪先と指先はひくひくと痙《けい》攣《れん》していたが、まもなく動きを止めた。

「議長。カーペットを汚してしまい、申し訳ありません」

福山は銃を懐にしまい、詫《わ》びた。

「この色は好みではないから、張り替えようと思っていたところだ」

狐塚の屍《しかばね》を一瞥し、脚を組んでソファーにもたれた。

「黒辺と一緒に処分しておけ」

「承知しました。新しい事務局長はどうしますか？」

「おまえがやれ」

「私がですか？」

福山は目を丸くした。

「そうだ。今、信頼できるのはおまえくらいしかいない」

「ありがとうございます。早速、侵入者の捜索にあたります」

「いや、それはいい。当局関係者であれば、相手にみすみす情報を与えてやるようなものだ。いずれまた動きだすだろう。その時、一網打尽《いちもうだじん》にすればいい。それより、こいつらの件を片づけなければ」

屍に目を向ける。

「どうします？」

「日本支部で狐塚の子飼いだった者。ヒューミズム・リンクの糸瀬以下、全従業員。黒辺環境の全社員。糸瀬や黒辺に協力していた者。労働の平等を実現する会に、ここ一カ月ほどで近づいてきた者。こいつらを洗い出して、全員処分しろ」

「ヒューミズム・リンクがなくなると、人材調達の拠点を一つ失うことになりますが、よろしいのですか？」

「かまわん。代わりはいくらでもいる。今は、嗅《か》ぎ回っている何者かの情報源を絶つことが先決だ」

「ＮＰＯはどうします？」

「あそこは、通常のＮＰＯ業務も行なっている。今、閉鎖するのはうまくない。まずは最近ＮＰＯに入った人間、相談に来た人間を洗い出して処分しろ。ＮＰＯ自体は三カ月以内に消せばいい」

「わかりました。期間は？」

「ＮＰＯ以外の処理は二週間で済ませろ」

「承知しました。狐塚はすぐに片づけますので」

福山は一礼し、議長室を出た。

「日本の組織は作り直さねばならんな……」

脇阪は狐塚の遺体をにらみつつ、奥歯を嚙んだ。

6

黒辺環境の社員は、黒辺の命令ということでオフィスのある雑居ビルの一室に集められていた。

午前三時。池袋《いけぶくろ》にあるビルとはいえ、他のフロアの会社の社員はとっくに退社し、明かりは消えている。

「仁志《にし》さん。この時間に集まれとは、どういうことですかね？」

作業着を着た若い男が訊いた。

「わからねえが……。何か起こったのは間違いねえ」

仁志は眉根を寄せた。

ここ三日ほど、黒辺と連絡が取れなくなっていた。布川を監禁していた倉庫も閉鎖している。社員たちには黒辺の命令だと言ったが、実際は黒辺の代理と名乗る者から会社へ集まるようにとの連絡が来ただけだ。

仁志はきな臭い空気を感じていたが、こういう時は迂闊《うかつ》に動くと思わぬ不測の事態を招くことがある。他の社員も不安げな顔をしている。今いる社員の中で最も長い仁志は、他の社員たちが動揺して勝手な真似をしないよう、黒辺と連絡が付くまで抑えていた。

「なんか、集められるってヤバくないですか？」

他の若者が言う。

「心配するな。万が一に備えて、非常階段に道具を持たせた連中を待機させてる。罠《わな》なら、そいつらも皆殺しだ」

仁志は努めて静かな口調で答えた。その落ち着いた態度を見て、社員たちが一様に安堵の表情を覗かせた。

呼び鈴が鳴った。社員たちの表情が再び強ばる。仁志はドアの近くにいた若い男を見て、顎を振った。男は頷き、ドアに近づいた。

「誰だ？」

「黒辺社長の代理の者だ」

「代理？」

男が仁志を見た。

仁志は一瞬、うつむいた。ドア口に歩み寄る。仁志がドアの向こうに問いかけた。

「名前は？」

「さっき電話した那賀嶋《なかじま》だ」

ドアの向こうの男が答えた。

電話をしてきたのは、確かに〝ナカジマ〟という男だった。声も間違いない。

どうする……。

ドア前で逡巡する。肩越しに後ろを見やる。社員たちの空気がピリピリしてきた。無用に社員たちの動揺を誘うのはまずい状況を作るだけだ。

「下がってろ」

仁志は若い男に言った。若い男が部屋の中央に下がる。

ドアを開けた。

スーツを着た男が立っていた。中肉中背のたいした特徴もないサラリーマンふうの男だ。特段、怪しげな空気は纏《まと》っていない。

「社長は？」

「黒辺さんは別のところにいる。伝言を伝えに来た」

「……入れ」

仁志は三人を招き入れた。

ドアを閉めようとする。と、暗がりから何者かが現われた。黒ずくめの男たちだ。仁志はドアに弾かれよろけた。那賀嶋は仁志の腕をつかみ、部屋の中央へ放り投げた。足がもつれ、倒れそうになった仁志を若い社員が受け止める。

仁志は那賀嶋たちのほうを見た。那賀嶋の両脇に二人ずつ、黒ずくめの男が並んでいた。那賀嶋以外の男たちの手には先端をカットしたサブマシンガンが握られている。

「なんだ、てめえらは！」

睥睨する。

那賀嶋は片笑みを浮かべた。

「だから言っただろう。伝言を伝えに来た、と」

右手を挙げる。

黒ずくめの男たちが一斉《いっせい》にサブマシンガンの銃口を上げた。

仁志はふっと右頬を上げた。

「やはり、そうか。こんなこともあろうかと、迎撃準備はできてるんだ。おい！」

背後に向け、声を放つ。

非常口近くにいた若い社員が、ドアを開けた。銃を持って待機していた仲間の社員が入ってくる……はずだった。

「相手は五人だ。ぶち殺せ！」

声を張る。

が、何の物音もしない。

「どうした！　早くやれ！」

仁志は後ろを向いた。途端、青ざめた。

黒ずくめでサブマシンガンを持った男が五人、背後からも自分たちを取り囲んでいた。男たちの足下には、待機させていた仲間三人が伏《ふ》せていた。胸元や額から血を流し、絶命している。

「迎撃はしないのか？」

那賀嶋がにやりとする。

仁志は奥歯を噛み、那賀嶋を見据えた。

「ナメるなよ……。俺たちは裏の仕事をしてきた人間だ。ただでは殺《や》られねえ」

「何をする気かな？」

「てめえら！　やれ！」

全員が一斉に懐に手を入れる。

刹那《せつな》、黒ずくめの男が持っているサブマシンガンが火を噴いた。凄《すさ》まじい連射音と共に閃光《せんこう》が瞬《また》き、事務所内を赤白く染め上げる。テーブルの書類が飛び、パソコンやスチールケースのガラスが砕ける。跳弾《ちょうだん》が蛍光灯《けいこうとう》を砕いた。

フラッシュの中で、仁志たちが被弾し、躍る。鮮血が噴水のように噴き上がり、一人、また一人とフロアに沈む。

逃げようとする者が銃を捨て、表玄関と非常口に殺到する。しかし、近距離で掃射を浴び、ある者は首から上がなくなり、ある者は腹部が裂け、内臓を垂れ流してフロアに伏せた。逃げ場はなかった。

オフィスは阿鼻叫喚《あびきょうかん》の地獄絵図と化した。

仁志も無数の弾丸を身体前面に喰《く》らい、舞った。それでも、銃口を那賀嶋に向けた。

一人だけでも仕留めなければ、溜飲が下がらない。

照準を那賀嶋に合わせる。引き金に指をかける。

「くそったれ！」

引き金を絞ろうとした時、二丁のサブマシンガンが火を噴いた。

弾幕が頭頂から爪先までを包む。

仁志は引き金を引けないまま回転し、宙を舞った。右手から銃が飛ぶ。

「ちくしょう……」

仁志の双眸に涙がにじんだ。こめかみに銃弾が食い込む。

瞬間、仁志の頭部が花火のように弾けた。身体がフロアに叩きつけられる。床に仁志の眼球と血肉が同時に四散した。

那賀嶋が右手を挙げた。

掃射が止んだ。静かになる。マズルフラッシュの明るさがなくなり、一瞬視界が暗くなる。少しして、視界は通常に戻った。砕けた天井の照明がジリッジリッと音を立て、小さな火花をまき散らしていた。

黒ずくめの男が屍の間を歩いて回った。

「ううう……」

まだ息のある者が呻く。

黒ずくめは銃口を向け、単発で頭を弾いた。瞬時に男がフロアに沈む。

「那賀嶋さん。全員、処分完了しました」

中央に立っていた黒ずくめの男が言う。

「遺体をコンテナに運んで、ここを清掃しろ。完了は午前六時だ」

「わかりました」

黒ずくめの男たちが動きだす。

那賀嶋は事後処理の様子を見つつ、スマートフォンを取った。

「……もしもし、那賀嶋です。黒辺環境の処理は終了しました」

那賀嶋は、頭を飛ばして息絶えた仁志の屍を冷ややかに見つめた。

7

午前八時、周藤は沼山からの連絡を受け、若洲《わかす》海浜公園の西側にある倉庫街を訪れていた。その一角にセミナーも開催できる会議場があり、そこで阿波物流から派遣切りに遭った被害者の救済及び再就職集会が行なわれるという。

周藤は、沼山の言う場所を調べてみた。しかしそこはただの倉庫で、会議場として使われていたことはない。

利用されていない倉庫をそうした会議やセミナーに使う例はあるが、あまりに唐突で周藤は訝《いぶか》った。とはいえ、顔を出さなければ、NPOや沼山との接点が潰《つい》えてしまう。

周藤はスーツの下に防刃防弾チョッキを着込み、少々細工をして、沼山指定の倉庫に赴《おもむ》いた。

伏木か加地に報《しら》せておこうかと思ったが、やめた。現状が見えない中、伏木やアントが動き、その動きを察知されれば、今後の潜入が困難になると判断したからだ。

万が一の場合を考え、自分のスマートフォンに異常が発生すれば、PCに遺してきたメッセージが伏木と加地の携帯端末に届くようにしている。

当該倉庫に看板や張り紙といったものはなかった。ただ、所々にNPOの職員が立っていて、該当する者を見つけると、人目を避《さ》けるように倉庫へ誘導していた。

周藤に声を掛けてきたのは沼山だった。

「朝早くから申し訳ないね」

沼山が笑顔を見せる。

「いえ」

周藤も笑顔を返した。

「こっちだよ」

沼山は周藤を倉庫へと導いた。共に歩く。周藤と同じように、スーツを着た三十代前後の男女が続々と、職員に誘導され、倉庫内へ入っていく。

「沼山さん。なぜ、こんなところで集会を行なうんですか？」

素人《しろうと》なら当然と思える疑問を口にした。

「阿波物流の件は、マスコミやうちを支援してくれている左派系の政治家も注目し始めているんだよ。しかし、今、彼らに騒がれるのは事を複雑にしてしまうだけだ。君のように、労働審判でさっさと縁を切りたいという人たちも多い。なので、彼らが騒ぎ出す前に、秘密《ひみつ》裏に君たちへの現状通達と再就職を一度に決めてしまおうと思ってね。それで今回のこの集まりを急遽《きゅうきょ》、企画したというわけだ」

「いろいろ考えていただいているんですね。ありがとうございます」

「それが私たちの仕事だから。礼は、再就職を決めた後でいいよ」

沼山はそれらしい話をして笑顔を作った。

倉庫のドア口で、主催者とみられるスーツの男性に引き継がれる。

「青木照良君だ」

沼山が告げる。

スーツの男は持っていた名簿で名前を確認し、チェックを入れた。

「承《うけたまわ》っております。青木さん、どうぞ中へ」

ドアの内側を手で指す。

周藤は中へ入った。倉庫の中央にパイプ椅子《いす》が並べられていた。百席程度だ。パイプ椅子の先にはホワイトボードと簡単な講壇が設《しつら》えられている。その後ろには、コンテナが置かれていた。

壁際には、スーツを着た男たちが十数名並んでいた。参加者を取り囲むように配置されている。

周藤は愛想笑いを覗かせつつ、壁際の男たちを観察した。スーツの左側が、かすかに膨らんでいる。誰もが脇を締め、その膨らみを押さえているようにも見える。

なるほどね……。

参加者が集う椅子席に歩み寄る。特に、決められた席はない。周藤は周りに会釈《えしやく》をしつつ、真ん中あたりの席へ移動した。椅子にはプリントが置かれていた。Ａ４用紙一枚分のプリントだ。

　紙片を取り、席に着く。目を通した。非正規労働者の決起集会と謳《うた》われているが、中身は、阿波物流との交渉の進捗《しんちょく》具合報告、再就職につながる合同面接という二項目だけがぽつりと記されているだけだった。

　プリントの最下部に、ヒューミズム・リンクの名前があった。

　糸瀬たちが企画した集まりということか……。

　再び、倉庫内を見回す。壁を取り囲んでいるのが、ヒューミズム・リンクの社員たちだと思った。が、ふと隣を見ると、ヒューミズム・リンクの社員証を首に提げた若い男性が座っていた。

「すみません。この会社の方ですか？」

　周藤はプリント下の会社名を指差した。

「そうですけど」

　男が笑みを向ける。

「今日は、私たちのような派遣切りに遭った人たちの再就職説明会だと聞いていますが」

「そうですね」

「あなたも派遣切りを？」

「いえ、僕たちは阿波物流との交渉報告が終わった後、あなた方の面接をする者です。あなた方の面接をするのに、実情はきちんと知っておく必要があるので、僕たちもあなた方と同じように話を聞くことになったんですよ」

「ここの席にいるのは、ほとんどが社員さんということですか?」

「半分くらいですね。マンツーマンで面接できるので、いいと思いますよ」

「それはありがたい。青木と申します」

周藤が手を差し出す。

「三谷《みたに》です」

若い男は名乗り、周藤の手を握った。

「三谷さん。周りの方たちも社員さんですか?」

壁際のスーツ男たちを目で差す。

「いえ。NPOの方じゃないでしょうか。社員のほとんどは、この場所に座っていますから」

「そうですか」

周藤は笑みを見せる。

が、神経はざわついていた。

間違いなく、何かが起こる……。

倉庫のドアが閉まった。壇上にスリーピースのスーツを着た男が現われた。その脇に小柄でがっしりとしたスーツの男が立つ。

「あれは？」

周藤は三谷に訊いた。

「うちの社長の糸瀬と常務の田森です」

三谷がそれぞれを目で指した。

「へえー」

周藤はそれぞれの姿を確認した。

伏木の話では、どこかで田森が襲われた時、彼を守れば、ヒューミズム・リンクへの道が開かれるということだった。

しかし、倉庫内の雰囲気は、伏木が仕入れてきた話とはまるで違う。他の者たちは気づいていないようだが、周藤はそこはかとなく漂う殺気を感じていた。

「えー、みなさん」

糸瀬が壇上に両手をついた。マイクなしで話しかける。閉ざされた空間に、声がよく響いた。

「みなさんが置かれている現況には、私も心を痛めています。そこで、みなさんの次の人生をよりよいものにしていただくべく、微力ながらお手伝いさせていただくことになりました。申し遅れました。私はヒューミズム・リンク代表・糸瀬伸孝です」

頭を下げる。拍手が起こった。

周藤は同じように拍手をしながら、周囲にしきりに目を配った。必ず、何らかの動きがある。

それを見逃せば、命取りになる。

「まずは、プログラム1にある、阿波物流との交渉の現況報告を行なってもらいます。NPO労働の平等を実現する会事務局長、沼山さん。よろしくお願いします」

糸瀬が沼山を招く。

糸瀬と沼山が入れ替わった。

「みなさん。今日は朝早くからご苦労様です。まず、私たちが行なっている阿波物流との交渉の進捗具合ですが——」

沼山は説明を始めた。

沼山の話は淡々と続く。十分程経った頃、糸瀬が田森を呼び寄せ、何かを耳打ちした。田森は頷き、倉庫を出た。

それからさらに十分、沼山は話し続けた。周りでは、多くの者がうつむき、沼山の話をメモしていた。

「——という状況です。まだ多少難航していますが、各方面の協力を得て、団体交渉、または労働審判の準備は着々と進んでいます。みなさんは、心置きなく、次の就職活動に勤《いそし》んでいただければと思います」

沼山は話を終え、頭を下げた。

拍手が沸き起こる。壇上で糸瀬が入れ替わる。沼山はホワイトボードの裏へ行き、コンテナへ近づいた。周りが糸瀬に目を奪われる中、周藤は沼山の動きを目で追っていた。

沼山はコンテナの脇を通る時、外壁をコンコンと叩いた。

他の者には、沼山がただ単にコンテナを触っているだけのように見えているだろうが、周藤はそれが合図だと察した。

神経を尖《とが》らせる。スマートフォンを取り出し、握る。

「えー、これからですが――」

糸瀬は話を続けていた。席にいた者たちは、座ったまま糸瀬のほうを注視している。

一方で、周藤は黒目を動かし、周囲の状況を視認した。壁際にいたスーツ男たちが中央にいる周藤たちの席へと間合いを詰めてくる。懐に手を入れている者もいた。

周藤は椅子の背にもたれ、体勢を低くした。周りから頭一つ分、上体を沈める。

「あなた方には、早速、新しい人生の扉を開いてもらいたいと思います」

「何をするんですか？」

先頭にいた男が訊いた。

糸瀬は満面の笑顔を男に向けた。その時にはすでに、壁際にいたスーツ男たちに囲まれていた。

「生まれ変わっていただきます。一度、あの世に行ってね」

糸瀬が右手を挙げた。

スーツ男たちが懐から銃身を切ったサブマシンガンを取り出した。

周藤は前の席のパイプ椅子の脚を思いきり蹴った。バランスを失った前席の男が背中から周藤の方に倒れてくる。さらに周藤は両脇の男をつかみ、椅子から滑り落ちると同時に、二人の男を自分の上に引き倒した。

瞬間、サブマシンガンが火を噴いた。

悲鳴が上がった。血がしぶき、床がみるみる紅く染まっていく。硝煙の臭いと血の臭いが混ざり合い、何とも言えない死臭が空間に立ち籠《こ》める。

周藤は男たちの下に踞《うずくま》った。三谷や他の男たちが被弾し、呻きを発して血をまき散らす。貫通した弾丸が、周藤の腕や腹、太腿《ふともも》を掠《かす》める。

男たちの掃射は一掃激しさを増し、発射音が耳管を揺るがした。

「くそう！」

周藤はスマートフォンを床に叩きつけた。スマホのディスプレーが割れる。ディスプレーが赤くなり、数秒後に消えた。

異常を示す信号がＰＣに送られた証拠だ。

伏木やアントが間に合えばいいが――。

そう願った時だった。

周藤は胸元に強い衝撃を覚えた。

跳弾が防弾チョッキにめり込んだ。息を詰める。背中にも跳弾を喰らった。逃げ惑う者たちが折り重なり、動けなくなる。

まずいな……。

動きを取り戻そうと、屍の下から這い出ようとした時だった。

逃げようとしていた男の脚が、周藤の顎を蹴り上げた。

「うっ！」

周藤の顔が跳ね上がる。

周藤の意識はその一瞬で途切れた――。

8

米嶋たち、水質浄化技術者の一行は、マイクロバスに乗せられ、セネガルのダカール州に向かっていた。

街を外れ、道なき道を進んでいる。舗装されていない畔道《あぜみち》を進むバスは大きく揺れる。

一行は車酔いし、顔も青くなっていた。

「君。まだ、現場へ到着しないのかね！」

米嶋は隣にいる現地コーディネーターを睨みつけた。

「スミマセン。モウ少シデスカラ」

コーディネーターが白い歯を見せる。

バスが大きくバウンドした。

米嶋は座席から転げ落ちそうになり、あわててシートをつかんだ。

バスが停まった。

「なんだ！」

声を上げる。

「ナンデショウ。チョット見テキマス」

コーディネーターが立ち上がる。ドライバーに声を掛け、共に車外へ出る。

「米嶋さん。本当にこんなところで技術指導を行なうんですか？」

後部シートにいた技術者が訊いた。

後ろを見やる。他の技術者たちも不安げな表情をしていた。

「こんなところだからこそ、技術指導する意味があるのだ。違うかね？」

米嶋は語気を強めた。

他の者たちは、米嶋に言われ、押し黙った。

米嶋の本意ではなかった。しかし、米嶋自身、そう自分に言い聞かせなければ耐えられないほどの状況だった。

無理やり脅されて派遣されたことは確かだ。が、糸瀬たちの言う通りに働けば、いずれ解放される時も来る。チャンスは必ずあると、米嶋は信じていた。

コーディネーターとドライバーが戻ってきた。

「どうだった？」

「パンクシタヨウダ。アナタタチハ、ココデサヨナラネ」

「何を言って――」

米嶋が怒鳴ろうとした時だった。

ドライバーとコーディネーターは、背後に隠していたカラシニコフを持ち上げた。銃口を上げるなり、後部シートに向けて、掃射する。

一人、また一人と被弾し、血をまき散らして絶命する。

米嶋は蒼白になり、絶句した。

一瞬の出来事だった。技術者たちは逃げる間もなく、撃ち殺された。通路に転がる者。シートにうつぶせる者。深くもたれ、宙を見据えている者。頭が半分吹き飛んだ者……。

バスは棺桶《かんおけ》と化した。

コーディネーターの持っているカラシニコフの銃口が米嶋の眉間に突きつけられた。

「や……やめてくれ……」

米嶋は唇を震わせ涙をこぼし、失禁した。

コーディネーターはにっこりと微笑んだ。

「ゴメンナサイ。コレ、僕タチノ仕事ダカラ。サヨナラ」

コーディネーターは引き金を引いた。

連射音が轟く。

シートに弾き飛ばされた米嶋の首から上が、見る影もなく砕け散った。

9

田森が福山を連れて戻ってきた。

倉庫内に残っていたのは、糸瀬と沼山、それとサブマシンガンを手にしたスーツの男たち。作業着を着た者も十名ほどいた。

作業着の男たちは、コンテナの中で待機していた。スーツの男たちが殲滅《せんめつ》した沼山が集めたＮＰＯに出入りしていた者や、ヒューミズム・リンクの社員の遺体をコンテナの中へ運んでいる。コンテナの中には、未明に殺された黒辺環境の残党の死体も積み込まれていた。

福山は糸瀬に歩み寄った。

「終わったか？」

「はい、この通り」

糸瀬は屍の山を一瞥した。

「うちの職員は？」

沼山が田森を見やる。

「マイクロバスの中で全員毒殺しました。まもなく、遺体をこちらへ運んできます」

「おい。うちの職員は生かすんじゃなかったか？」

「多少の狂いは問題ありません」

田森は返答しながら、糸瀬の脇に立った。入れ替わるように、沼山が福山の隣に移動する。

「米嶋たちはどうなった？」

「先ほど、現地のコーディネーターから報告がありました。全員、処分したそうです」

田森が答えた。

「順調だな」

福山が頷く。

作業員が最後の遺体をコンテナに運び入れた。

「福山さん。搬入作業、終わりました」

「ご苦労。指示を待て」

「はい」

作業員は返事をし、コンテナの方へ下がった。

「これで完了ですね」

糸瀬が微笑む。

「いや、まだ残っている」

「どの連中ですか？」

「ヒューミズム・リンクの者だ」

福山が言う。

糸瀬の顔が強ばった。

沼山が懐からリボルバーを出した。田森に銃口を向けた瞬間、引き金を引いた。

銃声が反響する。田森は眉間を撃ち抜かれ、後頭部からおびただしい鮮血を噴き出し、ゆっくりと仰向けに倒れていった。

糸瀬は色を失った。ガクガクと膝が震え、頽れそうになる。沼山は硝煙漂う銃口をやおら糸瀬に向けた。

「ま……待ってください！　私はＩＴＷＣ日本支部に入るという話では……」

「入れてやる。鬼籍でな」

福山が片笑みを浮かべた。

沼山が発砲した。

ライフリングの溝で回転した銃弾が糸瀬に迫った。糸瀬が双眸を見開く。弾丸は左目を抉《えぐ》った。顔の左側が砕け飛んだ。

右目を見開いた糸瀬は、そのまま両膝から崩れ、床に突っ伏した。どろりと血が流れ出し、顔の周りに血溜《だ》まりを作る。

沼山は作業着を着た男たちを見やった。

「二体、追加だ」

作業員たちは糸瀬と田森の屍に駆け寄ってきて、手際よく、コンテナへ運んでいった。

福山は懐に手を差した。沼山は銃口を福山に向けた。

「おっと。俺までバラそうというのはなしにしてくれよ」

「タバコを吸いたいだけだ」

「あんた、タバコなんて吸わないじゃねえか」

沼山は福山の頬に向け、引き金を引いた。が、カチッという音がするだけだ。

弾は切れていた。

「すり替えやがったな……」

こめかみに脂汗《あぶらあせ》が滲む。

「確認しないおまえが間抜けなだけだ。注意力のない人物は、俺たちの組織にはいらない。糸瀬も含めて、おまえらがボンクラだったというだけだ」

福山はゆっくりとリボルバーを出した。銃口を向け、撃鉄を起こす。

「俺たちは殺さないんじゃ――」

「予定は常に変わるものだ。自分の無能ぶりを、あの世で反省してこい」

ドン！　と銃声が響いた。

四五口径の銃弾が、沼山の頭部を吹き飛ばした。

顔のない沼山は、仁王立ちしたまま鮮血を噴き上げた。

福山は脇にいた部下に銃を渡した。部下が受け取り、懐にしまう。

スマートフォンを取り出した。

「もしもし、福山です。すべて完了しました。最終処理を確認して、そちらへ戻ります」

手短に用件を伝え、福山はスマホをスーツの内ポケットにしまった。

10

正午前、ヒースロー空港からの旅客機が成田《なりた》へ到着した。

乗客が次々と降りてくる。

その中に、サングラスをしてロングコートと金髪のロングヘアーを颯爽《さっそう》となびかせて歩くスレンダーな女性がいた。女性は小さなバッグを一つ抱え、第二ターミナルの入国審査ゲートへ向かった。パスポートを出し、職員に渡した。サングラスを上げ、頭に引っかける。

女性職員はパスポートを広げた。マリア＝ウェヌス・イザベールという名前だった。パスポートの写真と本人の顔を見比べる。

女性職員が笑顔を向けた。

「ミセス・イザベール。ビジネスということですが、荷物はそれだけですか？」

小さなバッグに目を向け、流暢《りゅうちょう》な英語で話しかける。

「日本はファッション大国でしょう？　着る物はこっちで調達しようと思って。それと――」

マリアはパスポートを受け取り、顔を近づけた。

「私は〝ミス〟だから」

サングラスを下ろした。

「失礼しました」

女性職員が詫びる。

「いいのよ。私みたいないい女が独身だなんて、誰も思わないものね。あなたに罪はないわ」

マリアは人差し指を振って微笑み、到着ロビーへ下りた。


（下巻に続く）

本作品はフィクションです。実在する個人、団体等とは一切関係ありません。

一〇〇字書評

切・り・取・り・線

購買動機（新聞、雑誌名を記入するか、あるいは○をつけてください）	
□（　　　　　　　　　）の広告を見て	
□（　　　　　　　　　）の書評を見て	
□ 知人のすすめで	□ タイトルに惹かれて
□ カバーが良かったから	□ 内容が面白そうだから
□ 好きな作家だから	□ 好きな分野の本だから

・最近、最も感銘を受けた作品名をお書き下さい

・あなたのお好きな作家名をお書き下さい

・その他、ご要望がありましたらお書き下さい

住所	〒				
氏名		職業		年齢	
Eメール	※携帯には配信できません	新刊情報等のメール配信を 希望する・しない			

この本の感想を、編集部までお寄せいただけたらありがたく存じます。今後の企画の参考にさせていただきます。Eメールでも結構です。

いただいた「一〇〇字書評」は、新聞・雑誌等に紹介させていただくことがあります。その場合はお礼として特製図書カードを差し上げます。

前ページの原稿用紙に書評をお書きの上、切り取り、左記までお送り下さい。宛先の住所は不要です。

なお、ご記入いただいたお名前、ご住所等は、書評紹介の事前了解、謝礼のお届けのためだけに利用し、そのほかの目的のために利用することはありません。

〒一〇一－八七〇一
祥伝社文庫編集長　坂口芳和
電話　〇三（三二六五）二〇八〇

祥伝社ホームページの「ブックレビュー」からも、書き込めます。
http://www.shodensha.co.jp/bookreview/

祥伝社文庫

人間洗浄《にんげんせんじょう》（上）　D1《ディーワン》警視庁《けいしちょう》暗殺部《あんさつぶ》

平成27年1月20日　初版第1刷発行

著　者　矢月秀作《やづきしゅうさく》
発行者　竹内和芳
発行所　祥伝社《しょうでんしゃ》
東京都千代田区神田神保町3-3
〒101-8701
電話　03（3265）2081（販売部）
電話　03（3265）2080（編集部）
電話　03（3265）3622（業務部）
http://www.shodensha.co.jp/

印刷所　堀内印刷
製本所　ナショナル製本
カバーフォーマットデザイン　芥　陽子

 ISBN978-4-396-34076-6 C0193